www.ingramcontent.com/pod-product-compliance
Lightning Source LLC
LaVergne TN
LVHW010841051026
849532LV00007B/2786

لرزتا جہاں

(ناولٹ)

الیاس سیتاپوری

© Ilyas Sitapuri

Larzta JahaaN *(Novelette)*

by: Ilyas Sitapuri

Edition: February '2025

Publisher :

Taemeer Publications LLC (Michigan, USA / Hyderabad, India)

ISBN 978-93-6908-114-1

9 789369 081141

کتاب	:	**لرزتا جہاں** (ناولٹ)
مصنف	:	**الیاس سیتاپوری**
صنف	:	تاریخی فکشن
ناشر	:	تعمیر پبلی کیشنز (حیدرآباد، انڈیا)
سالِ اشاعت	:	۲۰۲۵ء
صفحات	:	۹۲
سرورق ڈیزائن	:	تعمیر ویب ڈیزائن

تیمور اپنی زندگی کے دشوار ترین دن گزار کر جب دورِ اقبال مندی میں داخل ہوا تو اس کی چہیتی بیوی الجائیؒ ٹکااللہ کو پیاری ہوگئی۔ الجائیؒ نے تیمور کا قدم قدم پر ساتھ دیا تھا۔ بیوی اگر رفیقِ زندگی ہوتی ہے تو الجائیؒ نے اپنی پُرخلوص محبت اور رفاقت سے اسے عملاً ثابت بھی کر دیا تھا۔ وہ مرنے سے پہلے شدتِ رفاقت کی ایسی یادگار مثالیں چھوڑ گئی تھی کہ تیمور انھیں زندگی بھر بھلا نہیں سکتا تھا۔ ان یادگاروں میں اس کا پانچ سالہ بیٹا جہانگیر بھی تھا۔

تیمور کے قدر داں اور مذہبی مصلح صُوفی زین الدین اس بات کے خلاف تھے کہ تیمور جیسا عظیم انسان اپنی بیوی الجائیؒ کی موت پر آنسو بہائے، اس لئے اُنہوں نے تیمور کو نہ رونے کی نصیحت اتنے دلنشیں انداز میں کی تھی کہ اُسے صُوفی زین سے آنسو نہ بہانے کا عہد کرنا پڑا اور تیمور نے اپنے اس عہد کو دل پر صبر کا پتھر رکھ کر غیر معمولی انسانوں کی طرح پورا کر دکھایا۔ اب وہ اپنی مرحوم بیوی کی قبر پر سوگوار جاتا اور عوُدداں میں عوُد اور لوبان ڈال کر اپنی بے پناہ محبت کا اظہار کرتا۔ سفید محل کے پائیں باغ میں، جہاں شہتوت کے درختوں اور انگور کی بیلوں کا سایہ ہر وقت چھایا رہتا تھا، تیمور کی الجائیؒ منوں مٹی کے نیچے ابدی نیند سو رہی تھی۔

تیمور کے نامور رُفقا اور میدانِ کارزار کے ساتھی ایلچی بہادر، جاکو برلاس اور ایکو تیمور اپنے سردار تیمور کو غموں کے بوجھ تلے دبے چُپ چُپ دیکھتے تو انہیں صُوفی زین پر غصہ آتا جنہوں نے تیمور کو رونے سے منع کر دیا تھا۔ ایلچی بہادر نے کہا۔ "دوستو! یہ صُوفی زین بھی کتنے ظالم ہیں کہ تیمور کے رونے تک پر پابندی لگا دی۔ کیا رونے سے دل کا بوجھ کم نہیں ہو جاتا؟"

جاکو برلاس نے کہا۔ "ایلچی بہادر! صُوفی زین کو معلوم ہے کہ رسُول اللہؐ، رونے دھونے کے خلاف تھے اور انہوں نے با آواز بلند رونے اور بَین کرنے کی مذمّت کی ہے۔ صُوفی زین نے اپنی طرف سے کچھ بھی نہیں کہا۔ وہ تو شعائرِ اسلامی سے آگاہ کرتے رہتے ہیں۔"

ایکو تیمور بھی چُپ نہ رہ سکا، بولا۔ "شعائرِ اسلامی اپنی جگہ، لیکن سوچو تو سہی، اگر صُوفی زین کی بیوی مر جاتے تو ہم دیکھیں گے کہ وہ کس طرح ضبط و برداشت سے کام لیتے ہیں۔"

ایلچی بہادر نے کہا۔ "دوستو! میں نہیں جانتا کہ کیا جائز ہے اور کیا ناجائز: خانِ اعظم سمرقند کی طرف بڑھا چلا آ رہا ہے۔ ہم سب تیمور کو سمجھائیں کہ وہ فی الحال الجائیؒ کے سوگ سے باز رہے کیونکہ سمرقند کا دفاع اس سے زیادہ ضروری ہے۔"

لیکن خود تیمور، جہانگیر سے دل بہلا رہا تھا۔ وہ خاموش تھا لیکن دل میں ایک طوفان پرورش پا رہا تھا، چنانچہ جب ایکو تیمور، جاکو برلاس اور ایلچی بہادر نے اُسے مطلع کیا کہ سمرقند خطرے میں ہے اور اس کی حفاظت کے لئے تیمور کو کچھ نہ کچھ کرنا چاہیئے، تو وہ برہم ہو گیا۔ اس نے کہا۔ "الجائی کا

بھائی حسین کہاں چلا گیا؟ اُس کو بُلاؤ اور کہو کہ سمرقند کو بچالے۔ آخر وہ بھی تو بادشاہ گر امیر کازغان کا نواسہ ہے!"

ایلچی بہادر نے جواب دیا۔ "لیکن تیمور! کیا تو امیر کازغان کی نواسی کا شوہر نہیں ہے؟"

تیمور نے شکستہ دلی سے کہا۔ "کبھی تھا، مگر اب نہیں رہا۔ اب الجائی منوں مٹی کے نیچے سوئی ہوئی ہے۔ اب حسین کا مجھ سے کوئی رشتہ نہیں رہا۔"

جاکو برلاس نے کہا۔ "تیمور! ایسا نہ کہہ! رشتے بیویوں سے نہیں، قبائل سے ہوتے ہیں، کیونکہ آدمی بیویوں کو چھوڑ بھی سکتا ہے، لیکن اپنے قبیلے کو نہیں چھوڑ سکتا۔ سمرقند کے برلاسوں کو ہم بے یار و مددگار تو نہیں چھوڑ سکتے۔"

تیمور نے جواب دیا۔ "تب پھر تم لوگ سمرقند جاؤ اور خانِ اعظم الیاس کی یلغار کو روکنے کی کوشش کرو۔ الجائی کا سوگ منا کر میں اپنے دل کا بوجھ ہلکا کرنا چاہتا ہوں کیونکہ الجائی کی موت کا کوہ گراں میرے دل کو مضطرب اور بے چین رکھے ہوتے ہے!"

ایلچی بہادر نے تیمور کا ساتھ دیا۔ کہنے لگا۔ "خانِ اعظم چنگیز خاں بھی بورتہ کو بہت چاہتا تھا۔"

تیمور نے انہیں باتوں میں مصروف دیکھ کر انہیں ان کے حال پر چھوڑ دیا اور خود سبز کے جنوبی حصے میں چلا گیا۔ وہ خواجہ الیاس کے خطرے سے غافل نہیں تھا۔ وہ خوب جانتا تھا کہ اگر سمرقند ہاتھ سے گیا تو سبز کی بھی خیر نہیں اور اگر خدانخواستہ ایسا ہوا تو وہ پناہ کہاں لے گا؟

وہ دیلتے آمو اور اس کے آس پاس پھیلی ہوئی پہاڑیوں سے اچھی طرح واقف تھا اور یہ بھی جانتا تھا کہ وہ کہاں کتنا محفوظ رہے گا اور کتنا غیر محفوظ۔ یہیں وہ آہنی دروازہ تھا جس میں سے بمشکل دو اونٹ ایک ساتھ نکل سکتے تھے اور ان دنوں جب یہاں منگولوں کا قبضہ تھا تو دو بڑی بڑی مونچھوں والے منگول پہرے دار نگہبانی کیا کرتے تھے۔ جنوب سے آنے والے دونوں محافظ منگولوں کی ٹوپیاں دور ہی سے دیکھ لیا کرتے تھے، کیونکہ ان کی ٹوپیوں میں پر لگے ہوتے۔ بڑے بڑے پر دور ہی سے ہوا کے جھونکوں سے ہلتے نظر آجایا کرتے تھے۔ اب یہ آہنی دروازہ اُس کے قبضے میں تھا اور یہاں کے دونوں پہرے دار اب تیمور کے ملازم تھے۔ تیمور ان دونوں پہرے داروں کے قریب پہنچا تو وہ احتراماً کھڑے ہو گئے۔ تیمور نے ان دونوں سے پوچھا کہ اگر وہ کسی وقت اچانک یہاں آجائے تو اس کا استقبال کس طرح کیا جائے گا؟

ایک پہرے دار نے جواب دیا۔ "کھانے پینے کی چیزوں کی وافر مقدار اور چند تازہ دم تندرست

گھوڑے، میرا خیال ہے، ہنگامی حالات میں یہی چیزیں ضروری ہوتی ہیں۔"

تیمور نے کہا۔ "بے شک تو ایک سمجھدار شخص ہے۔ میں تجھے ہمیشہ یاد رکھوں گا۔"

تیمور شہر سبز سے کئی ہفتے غائب رہا اور اس دوران میں شہر سبز اور سمرقند والوں کو یہ بھی نہیں معلوم ہو سکا کہ تیمور کہاں ہے؟ لیکن انہیں یہ یقین ضرور تھا کہ تیمور جہاں کہیں بھی ہوگا، حملہ آوروں سے غافل نہیں ہوگا۔

خواجہ الیاس نے سمرقند کا محاصرہ کیا تو شہر والوں نے شہر کے دروازے بند کرتے اور تیمور کے بغیر ہی مقابلے کا ارادہ کر لیا۔ اس محاصرے کی خبر تیمور کو دربندِ آہنی کے پاس ملی۔ وہ چاہتا تو خانِ اعظم خواجہ الیاس کو اچانک حملوں کی صورت میں پریشان کر دیتا لیکن اُس نے ایسا نہیں کیا اور صبر و تحمل سے حالات کا جائزہ لیتا رہا۔ خواجہ الیاس سمرقند والوں کو دھمکیاں دیتا رہا لیکن ان دھمکیوں کا کسی پر کوئی اثر نہ ہوا۔ شہری اور علماء ایک ہو گئے تھے اور انہوں نے خواجہ الیاس سے مقابلے کی قسمیں کھا رکھی تھیں۔

ابھی محاصرہ جاری ہی تھا کہ منگولوں کے گھوڑوں میں وبا پھیل گئی اور گھوڑے مرنے لگے گھوڑے کھڑے کھڑے ایک دم زمین پر گر جاتے اور ذبح کئے ہوتے جانوروں کی طرح پاؤں رگڑ رگڑ کر اپنی جان دے دیتے۔ خواجہ الیاس کا خیمہ سمرقند کی فصیل سے پانچ میل دور تھا، لیکن اس نے اتنا اچھا انتظام کر رکھا تھا کہ گھڑی گھڑی کی خبریں اُسے پہنچ رہی تھیں۔ پہلے جب پہلا گھوڑا ہلاک ہوا تو اس وقت تک کوئی بھی یہ نہیں جانتا تھا کہ اُن کے گھوڑوں میں وبا داخل ہو چکی ہے اور یہ اس کا پہلا شکار ہے۔ پہلے گھوڑے کی موت کے چند ثانیوں بعد ایک دوسرا گھوڑا بھی زمین پر گرا اور ٹانگیں رگڑ کر جان دے دی۔ پھر تیسرے کا بھی یہی حشر ہوا۔ آخر ایک منگول سردار پھرتی سے اپنے گھوڑے پر سوار ہوا اور خواجہ الیاس کو اطلاع دینے روانہ ہو گیا۔ ابھی وہ بمشکل چوتھائی فرسخ گیا ہو گا کہ گھوڑا جھرجھری لے کر کھڑا ہو گیا۔ منگول سردار نے بڑی کوشش کی کہ وہ گھوڑے کو بھگائے لیکن گھوڑے نے اپنی جگہ سے حرکت ہی نہ کی۔ پھر اچانک گھوڑے کے منہ سے سفید سفید جھاگ نکلنے لگے۔ وہ زور سے ہنہنایا، اس کے بعد اپنے سوار سمیت زمین پر ڈھیر ہو گیا۔ منگول سردار نے بڑی کوشش کی کہ کود کر الگ ہو جائے لیکن کامیاب نہ ہو سکا۔ گرتے گرتے گھوڑے نے اُس کا ایک پاؤں اپنے پیٹ تلے دبا لیا۔ منگول سردار نے بڑی برداشت کا مظاہرہ کیا۔ اس کے پاؤں کا اگلا حصہ گھوڑے کے پھولے ہوتے پیٹ تلے بری طرح دبا ہوا تھا لیکن وہ درد سے چیخ چلا نہیں رہا تھا، اس نے اپنی آزاد ٹانگ کو گھوڑے کی پشت سے اڑا کر پوری قوت سے کوشش کی کہ گھوڑے کو دھکا دے کر سرکا دے اور اپنا پھنسا ہوا پاؤں چھڑا لے لیکن اس میں ناکام رہا۔ کچھ سپاہی یہ دلچسپ منظر دیکھ رہے تھے لیکن بس تفریح کی حد تک۔

منگول سردار نے ایک بار پھر آزاد ہونے کی کوشش کی لیکن اس بار بھی ناکام ہوا۔ آخر چند منگولوں نے اس سردار کی مدد کی اور اُسے گھوڑے کے نیچے سے نکال لیا۔ گھوڑا بے چینی سے دم توڑنے لگا۔ منگول سردار اس لائق نہیں رہا تھا کہ کسی سہارے کے بغیر چل پھر سکے۔ اس نے ایک منگول سے کہا۔ "تم مجھے خانِ اعظم تک پہنچا دو۔ میں اسے یہ بتانا چاہتا ہوں کہ ہمارے گھوڑے آپ ہی آپ مر رہے ہیں اور اگر ہمارے گھوڑے ہی نہ رہے تو ہم سمرقند کو فتح کس طرح کریں گے؟"

دوسرے منگولوں نے اسے ایک گھوڑے پر بٹھایا اور اسے ساتھ لے کر خانِ اعظم کی طرف چل پڑے۔ ابھی یہ لوگ راستے ہی میں تھے کہ چند گھڑسوار ان کے پاس سے یہ کہتے گزرے کہ گھوڑوں کی موت بڑی تیزی سے واقع ہو رہی ہے، لہٰذا ہمیں اس جگہ سے جلد از جلد بھاگ جانا چاہیے۔

اس اعلان نے وہمی منگولوں کو کپکپا دیا۔ انہوں نے زخمی منگول سردار کو اس کے حال پر چھوڑا اور اپنے اپنے گھوڑوں کو یوں ایڑ لگائی گویا اُن کا تعاقب کیا جا رہا ہو۔ افتاں و خیزاں جب یہ منگول سردار خواجہ الیاس کے خیمے کے سامنے پہنچا تو وہاں اسے منگولوں کا ہجوم نظر آیا۔ یہ ہجوم منگول سردار سے پہلے ہی خواجہ الیاس کو گھوڑوں کی وبا سے مطلع کر چکا تھا۔ خواجہ الیاس اپنے خیمے سے باہر آ گیا تھا۔ خواجہ الیاس کے خدمت گاروں نے ایک پتھریلے تودے پر قالین بچھا دیا۔ اس کے چاروں طرف ریشمیں تکیے رکھ دیئے گئے اور نوکیلی مختصر داڑھی والا خواجہ الیاس ان تکیوں کو پُشت، زانو اور ہاتھوں کے نیچے دبا کر بیٹھ گیا۔ جب زخمی منگول سردار وہاں پہنچا تو منگولوں نے کائی کی طرح پھٹ کر اسے راستہ دے دیا اور زخمی سردار کا گھوڑا خواجہ الیاس کے سامنے جا کھڑا ہوا۔ زخمی سردار نے اُترنے کی کوشش میں خود کو گھوڑے سے گرا دیا۔ خواجہ الیاس نے منگول سپاہیوں کو حکم دیا کہ اس زخمی سردار کو اس کے قریب لایا جائے۔

دو منگولوں نے اسے شانوں سے پکڑ لیا اور اسے گھسیٹتے ہوئے خواجہ الیاس کی طرف بڑھے۔ سردار کا زخمی پاؤں زمین سے رگڑتا ہوا جا رہا تھا جس سے چھوٹے چھوٹے سنگریزوں نے اسے مزید زخمی کر دیا اور پاؤں کے مختلف حصوں سے خون بہنے لگا۔

زخمی سردار نے خواجہ الیاس کو جو خبر پہنچائی، وہ دوسروں کے ذریعے پہلے ہی پہنچ چکی تھی۔ خواجہ الیاس نے کہا۔ "جب تیرے پیروں میں چلنے کی سکت نہیں تھی تو تیرے آنے کا فائدہ؟ اور پھر یہ خبر مجھے تیرے آنے سے پہلے ہی مل چکی ہے۔"

زخمی سردار نے خواجہ الیاس کو بتایا کہ اگر اس کا گھوڑا راستے میں وبا سے ہلاک نہ ہوا ہوتا تو وہ یہ خبر دوسروں سے پہلے پہنچا چکا ہوتا اور وہ زخمی بھی اُسی گھوڑے سے ہوا تھا۔ گھوڑا اسے لئے ہوتے اس طرح ڈھیر ہوا کہ اس کا ایک پاؤں گھوڑے کے پیٹ تلے دب گیا۔

خواجہ الیاس نے اسی وقت اپنے سرداروں کو طلب کیا اور گھوڑوں کی وبا پر گفتگو شروع کی۔ وہ ابھی تک وبا کی سنگینی سے لاعلم تھا اور یہ سمجھتا تھا کہ چند گھوڑے تو اس وبا سے مر سکتے ہیں لیکن زیادہ نہیں۔ اس نے سرداروں سے پوچھا۔ "ان حالات میں ہمیں کیا کرنا چاہیے؟"

زخمی سردار پہلے ہی بول اٹھا۔ "خان! ہم گھوڑوں کے بغیر کچھ بھی نہیں۔ اگر ہمارے گھوڑوں کی بیشتر تعداد ہلاک ہو گئی تو گویا ہم اپنے دشمن سے جنگ کئے بغیر ہی ہار مان لیں گے۔"

ایک دوسرے سردار نے جواب دیا۔ "اگر دس بیس یا سو پچاس گھوڑے مر بھی گئے تو اس کا ہماری مہم پر کیا اثر پڑے گا؟ ہمیں بس ایک ہی کام کرنا ہوگا، جلد از جلد، فوراً ایک بھی دن ضائع کئے بغیر۔"

زخمی سردار نے پوچھا۔ "کون سا کام؟"

دوسرے سردار نے جواب دیا۔ "سمرقند پر ہر طرف سے یلغار، خوفناک یورش، اس طوفان کی طرح جو ایک ہی ریلے میں انسانی آبادی اور جنگلوں کو تباہ و برباد کر کے رکھ دیتا ہے۔"

زخمی سردار نے خانِ اعظم کی طرف دیکھا اور عرض کیا۔ "طوفان کو مہمیز دینے والی شے ہوا ہوتی ہے اور اگر ہوا نہ ہو تو طوفان کا تصور ہی باقی نہیں رہتا۔ ہماری ہوا ہمارے گھوڑے ہیں جو ہمیں اپنی پشت پر لئے ہوا اڑتے پھرتے ہیں لیکن کیا گھوڑوں کے بغیر ہم اپنے طوفانی دھاووں اور تباہ کن یلغار کا تصور کر سکتے ہیں؟ شاید نہیں، ہرگز نہیں۔"

کسی اور سردار نے اپنا خیال ظاہر کیا۔ "لیکن یہ بات بھی ہماری روایات کا حصہ ہے کہ ہم موسم یا وباؤں سے ڈر کر اپنے کام ادھورے نہیں چھوڑتے۔ ہم نے جب کبھی کسی قلعے یا شہر کا محاصرہ کیا تو اسے سر کیے بغیر پیچھے نہیں ہٹے۔"

زخمی سردار نے اپنے زخمی پاؤں کی طرف اشارہ کیا۔ "میرا یہ پاؤں اس لائق نہیں ہے کہ میں اس کے سہارے کھڑا ہو سکوں لیکن میں نے جو مشورہ دیا ہے اس میں زخمی پاؤں کی مصلحت کو قطعی دخل نہیں۔ خانِ اعظم کے حکم پر میں زخمی ٹانگ سمیت ہی میدانِ جنگ میں کود پڑوں گا لیکن میں پھر یہی کہوں گا کہ اس وبا کو نظر انداز نہ کیا جائے جو ہمارے گھوڑوں کو بڑی بے رحمی سے ہلاک کئے جا رہی ہے۔"

خواجہ الیاس اپنے سرداروں کی باتیں بڑے غور سے سن رہا تھا۔ اس نے اپنے سرداروں پر اچٹتی نظر ڈالی تو سبھی خاموش ہو گئے۔ خواجہ الیاس نے زخمی سردار سے پوچھا۔

"تیرا نام کیا ہے؟"

زخمی سردار نے جواب دیا۔ "گاشی تایان، قوم تائی جوت سے میرا تعلق ہے۔"

خواجہ الیاس نے کہا۔ "تائی جوت کے گاشی! سچ بتا، تیری قوم میں کبھی کوئی شامان (جادوگر، پیش گوئی کرنے والا) تو نہیں گزرا؟"

گاشی تایان نے جواب دیا۔ "ممکن ہے کوئی شامان گزرا ہو جس کا مجھے کوئی معلوم نہیں، لیکن میں اپنے بارے میں یقین سے یہ کہہ سکتا ہوں کہ میں تائی جوت کا شامان ہوں اور مجھے نیلا جاودانی آسمان بہت سی باتیں قبل از وقت ہی بتلا دیا کرتا ہے۔"

گاشی تایان، جادوگر ہے! شامان ہے! اس انکشاف نے خواجہ الیاس سمیت جملہ موجود سرداروں کو چونکا دیا۔ وحشی منگول، شامانوں پر بڑا اعتقاد رکھتے تھے اور ان کی عزت کرتے تھے اگرچہ ان کے جذبۂ احترام میں خوف بھی شامل ہوتا تھا۔

خواجہ الیاس نے پوچھا۔ "کیا تو سچ مچ شامان ہے؟"

گاشی نے جواب دیا۔ "ہاں خان! مجھے کئی بار آسمانی قوتوں نے یہ بتایا کہ میں شامان ہوں لیکن میں یہ بات ماننے کو تیار نہیں تھا، لیکن اب میں بے بس ہو گیا ہوں اور میں خان کو یہ بتانے آیا ہوں کہ آسمانی قوتیں ہمارے خلاف ہو گئی ہیں۔ وہ سرگوشی میں کہہ رہی ہیں کہ چغتائی کی اولاد کو اپنے شمالی کوہستانی مسکن المالیق کی طرف واپس چلا جانا چاہیے۔"

خان نے پوچھا۔ "یہ آوازیں کب اور کس نے سنیں؟"

گاشی نے جواب دیا۔ "یہ آوازیں صرف میں سن سکتا ہوں کیونکہ میں شامان ہوں۔ شامانوں کے جسم کا ہر حصہ گویا کان ہوتا ہے جن سے وہ جاودانی نیلے آسمان کے اوپر اور نیچے کی وہ ساری سرگوشیاں سن سکتا ہے جو ہمیشہ سے جاری ہیں اور ہمیشہ جاری رہیں گی۔ ان سرگوشیوں کو عام بدنصیب انسان اپنے دونوں کانوں سے بھی نہیں سن سکتا کیونکہ یہ سرگوشیاں فانی انسان، جانور یا کسی مر جانے یا فنا ہو جانے والی اشیاء سے تعلق نہیں رکھتیں بلکہ ان کا تعلق اس غیر مرئی اور دکھائی نہ دینے والی دنیا سے ہے جس میں وہ قوتیں رہتی ہیں، جو ہمیں فتح و شکست سے دوچار کرتی ہیں، جو ہمیں آگے بڑھاتی یا پیچھے ہٹاتی ہیں۔"

خواجہ الیاس کو حیرت تھی کہ اس کی فوج میں ایک شامان موجود تھا مگر وہ اس سے بے خبر رہا۔ اس نے پوچھا۔ "اچھا گاشی! اگر تو واقعی شامان ہے تو پراسرار غیبی سرگوشیوں کو سن کر بتا کہ اس وقت تر غائی کا بیٹا تیمور کہاں ہے؟"

گاشی تایان نے دونوں آنکھیں بند کر لیں اور دونوں کانوں کو ہاتھوں سے چھپا لیا شاید وہ منگولوں کی باتیں نہیں سننا چاہتا تھا۔ پھر منگولوں کی بھنبھناہٹ بھی بند ہو گئی کیونکہ اب وہ سب

گاشی شامان سے رجوع تھے اور یہ دیکھ رہے تھے کہ شامان اس امتحان میں کتنا پورا اترتا ہے۔

جب وہ خاصی دیر تک خاموش رہا تو خواجہ الیاس نے تھک کر سکوت توڑ دیا۔ "لے گاشی! تو کہاں چلا گیا؟ ہمیں کب تک خاموش رکھے گا؟"

گاشی نے جھرجھری لی اور خوابیدہ آواز میں جواب دیا۔ "خان! میرے بت بتوا تیمور کی آہٹ شہر سبز کے جنوب میں درِ بندِ آہنی میں محسوس کر رہے ہیں، جہاں دو پہاڑوں کے درمیان اتنی تنگی ہے کہ دو اونٹوں سے زیادہ نہیں گزر سکتے۔ اس وقت تیمور درِ بندِ آہنی کے پہرے داروں سے باتیں کر رہا ہے!"

خواجہ الیاس نے کہا۔ "اچھا اب یہ بتا کہ سمرقند کب فتح ہو رہا ہے؟ اور نیلے جادداں آسمان کے نیچے پُراسرار غیر مرئی قوتیں کیا اعلان کر رہی ہیں اور تاتاریوں کے خلاف کیا فیصلہ کر رہی ہیں؟"

گاشی شامان ایک بار پھر آنکھیں اور کان بند کر کے مراقبے میں چلا گیا اور کچھ دیر بعد ہچکیاں لے لے کر رونے لگا، پھر جیسے کہیں دُور سے بولا۔ "خان! منگولوں کے گھوڑے مر رہے ہیں، غیبی آوازیں تجھے حکم دے رہی ہیں کہ پسِ نشینی اختیار کر! المالیق واپس جا اور سمرقند کو بھول جا!"

خواجہ الیاس بھی دوسرے منگولوں کی طرح سہم گیا لیکن اُسے گاشی کی باتوں پر یقین نہیں آ رہا تھا۔ آنے والے منگول سرداروں کے گھوڑے ہری ہری گھاس چرنے میں مشغول تھے۔ اچانک ایک گھوڑا زور سے ہنہنایا اور زور زور سے پیر پٹخنے لگا۔ دوسرے گھوڑوں نے چرنا چھوڑ دیا اور اپنے ہنہنانے والے ساتھی کی طرف دیکھنے لگے۔ خواجہ الیاس اور دوسرے منگول گاشی کی پیش گوئی کا تاثر لیے ہوئے اپنے چینی گھوڑے پر نظریں جمائے ہوئے تھے۔

گھوڑا کچھ دیر تک تو پاؤں پٹکتا رہا پھر وہ بے چینی سے ناچنے لگا۔ اس کے منہ سے سفید سفید جھاگ نکل رہا تھا۔ بیس پچیس چکروں کے بعد وہ زمین پر گر گیا اور ذبح کیے ہوئے جانور کی طرح سر اور پیر دلاسے زمین کو رگڑنے لگا۔ آہستہ آہستہ ٹھہراؤ پیدا ہونے لگا اور پھر وہ بالکل ساکت ہو گیا۔ اب دوسرے گھوڑوں نے چرنا چھوڑ دیا تھا اور خوفزدہ کھڑے ہوئے اپنے مردہ ساتھی کو دیکھ رہے تھے۔

شامان کی پیش گوئی کے فوراً بعد گھوڑے کی موت نے منگولوں کو بہت زیادہ خوفزدہ کر دیا لیکن خواجہ الیاس شامان کی باتوں کو کھلے دل سے ماننے کو اب بھی آمادہ نہ تھا۔ اس نے کہا۔

"میں گاشی کی صداقت کو جانچنے کے لئے چار دن رکوں گا۔ اس کے بعد ہی کوئی قطعی فیصلہ کروں گا کہ اب مجھے کیا کرنا چاہیئے۔"

اس نے گاشی کا احترام کیا اور حکم دیا کہ اسے اس کے خیمے میں نہ جانے دیا جائے کیونکہ وہ زخمی ہے۔ خان اُسے اپنے قریب رکھ کر اس کا علاج کرانا چاہتا تھا۔

خواجہ الیاس نے اپنے خدمت گاروں کو اشارہ کیا تو وہ گاشی کو گود میں اٹھا لے گئے اور اسے ایک ایسے خیمے میں پہنچا دیا جس کے چاروں طرف خونخوار تیمر خان کے وفادار منگولوں کا پہرہ تھا۔ انہیں خواجہ الیاس نے خاص طور پر یہ حکم دیا تھا کہ گاشی کا بظاہر احترام کیا جائے لیکن اس کی نگرانی دشمن قیدی کی طرح کی جائے۔

خواجہ الیاس نے شامان سے ایسا سلوک کیوں کیا؟ کسی کی سمجھ میں نہیں آرہا تھا لیکن وہی منگولوں میں سے اکثر کی ہمدردیاں گاشی کے حق میں تھیں کیونکہ گاشی، شامان تھا اور اس کا ہر بُن مُو پُراسرار غیبی آوازیں سُننے کی صلاحیت رکھتا تھا۔ گاشی کے ایسے تمام حمایتی خواجہ الیاس کے خلاف ہو گئے تھے یہاں تک کہ وہ پہرے دار تک، جو گاشی کی نگرانی پر تعینات تھے۔ لیکن وہ اپنی اس ہمدردی کا اظہار نہیں کر سکتے تھے کیونکہ خواجہ الیاس خانِ اعظم تھا اور خانِ اعظم کی مخالفت مول لے کر کوئی کتنے دن زندہ رہ سکتا تھا؟

خواجہ الیاس نے گاشی کے زخموں کے علاج کے لئے بُخارا کا ایک طبیب بھیجا۔ یہ طبیب مسلمان تھا۔ اس نے آتے ہی گاشی کے زخم دیکھے اور اُن پر مرہم رکھ کر باندھ دیا لیکن دُوسرے دن جب وہ دوبارہ پہنچا اور گاشی کے زخم کا معائنہ کرنا چاہا تو گاشی نے طبیب کو منع کر دیا۔ اُس نے طبیب کے آنے سے پہلے ہی زخموں پر سے پٹی اتار دی تھی اور مرہم کو پونچھ ڈالا تھا۔ طبیب یہ حال دیکھ کر سخت ناراض ہوا اور کہا۔ "اگر تُو نے زخموں کو یوُں ہی کھلا چھوڑ دیا اور مرہم نہ لگایا تو میں تجھے متنبہ کرتا ہوں کہ زخمی حصّے مسموم ہو کر تیرے پورے جسم کو مسموم کر دیں گے اور تُو مر جائے گا۔"

گاشی نے اطمینان سے جواب دیا۔ "بخارا کے طبیب! یاد رکھ، میں ان زخموں سے نہیں مروں گا۔ میں کس طرح مروں گا؟ یہ بھی نہیں جانتا کیوں کہ جاوداں نیلے آسمان تلے رہنے والی پُراسرار سرگوشیاں اِس بارے میں کچھ بھی نہیں بتا رہی ہیں۔"

طبیب نے گاشی کو اوپر سے نیچے تک بغور دیکھا، پوچھا۔ "کیا تُو مسلمان ہے؟"

گاشی نے جواب دیا۔ "نہیں، میں تاؤ جوت ہوں، جھیل بیکال کے شمال مشرق میں بسنے

ملنے قبیلے تائی جوت کا ایک فرد؟"

طبیب نے کچھ سوچتے ہوئے کہا۔ "جب تو مسلمان ہی نہیں تو پھر صوفی بھی نہیں ہو سکتا اور جب صوفی بھی نہیں تو کشف کا سوال ہی نہیں پیدا ہوتا۔"

کاشی نے جواب دیا۔ "میں شامان ہوں اور شامان میں اتنی قوت ہوتی ہے کہ وہ چاہے تو خیموں کے اس پار ہونے والی سرگوشیوں کو اپنے ہر بنِ مو سے سن لے۔"

طبیب بدحواس ہو گیا اور اس نے اسی وقت خانِ اعظم کو مطلع کیا کہ کاشی کے زخموں سے زیادہ اس کے دماغ کے علاج کی ضرورت ہے کیونکہ وہ ہذیان بکنے لگا ہے۔ لیکن خواجہ الیاس کاشی کی باتوں کا کچھ کچھ قائل ہو چلا تھا کیونکہ گھوڑوں کی اموات میں اضافہ ہوتا جا رہا تھا۔ اس نے طبیب سے کہا۔ "کاشی خود کو شامان کہتا ہے تو کہنے دے۔ تجھے اس چکر میں نہیں پڑنا چاہیے۔ تو اس کا علاج جاری رکھ۔"

طبیب کی اتنی مجال نہیں تھی کہ وہ خواجہ الیاس سے بحث کرتا۔ اس نے مجبوراً ہامی بھر لی کہ وہ کاشی کا علاج ضرور کرے گا۔

دوسری طرف منگول محافظ اس فکر میں تھے کہ شامان کو کسی طرح فرار کر دیا جائے لیکن اس کے ساتھ ہی وہ یہ بھی جانتے تھے کہ اس جرم غفلت میں جملہ محافظوں کو موت کے گھاٹ اتارا جا سکتا تھا۔ ان محافظوں میں سے ایک بہت زیادہ وہمی تھا۔ وہ ہر وقت اس خوف سے لرزہ براندام رہتا کہ کہیں اس شامان کو کوئی گزند نہ پہنچ جائے۔ اس کے خیال میں شامان کو قیدی بنا کر رکھنا بہت خطرناک تھا اور کاشی ان پر کسی بھی دن کوئی عذاب نازل کر سکتا تھا۔

اس دوران گھوڑوں کی وبا شدت اختیار کر گئی اور مرے ہوئے گھوڑوں کو ٹھکانے لگانا مشکل ہو گیا۔ منگولوں کے راستے رک گئے اور مردہ گھوڑوں کی بدبو نے ان کی پریشانی میں ناقابلِ علاج اضافہ کر دیا۔ اب ان کے ذہنوں سے سمرقند کی فتح کا خیال نکل چکا تھا۔ وہ یہاں سے جلد از جلد بھاگ جانا چاہتے تھے لیکن جب تک خواجہ الیاس بھاگنے کی اجازت نہ دیتا، وہ ایک قدم بھی نہ اٹھا سکتے تھے۔ خواجہ الیاس منگولوں کی پریشانی سے اچھی طرح واقف تھا لیکن وہ اس کا علاج نہیں جانتا تھا۔ دشمنوں پر کاری اور فیصلہ کن ضربیں لگانے والے، وبا کی کاری ضرب سے حواس باختہ تھے۔ جب کچھ بن نہ پڑی تو خواجہ الیاس نے چوری سے کاشی کو اپنے خیمے میں بلوایا اور اس کی حیرت انگیز شامانی قوت سے فائدہ اٹھانے کی کوشش کی۔ اس نے کاشی سے کہا۔ "کاشی! تیری گھوڑوں کی موت والی خبر کی صداقت اب اتنی عام ہو چکی ہے کہ ہمارے سارے گھوڑے مردہ ہو چکے ہیں۔ اب تو ہی بتا ہمیں کیا کرنا چاہیے؟ کیا ہم سمرقند کا محاصرہ اٹھا کر المالیق چلے جائیں اور وہاں فوج سے

تیاریوں میں لگ جائیں؟

گاشی نے آنکھوں اور کانوں کو بند کر لیا اور کچھ دیر مراقبے میں رہ کر ہوش میں آگیا، بولا۔ "خانِ اعظم! میں پھر یہی کہوں گا کہ مجھے جو کچھ سنائی دے رہا ہے، اچھا نہیں ہے۔ پورے ماوراءالنہر اور اس کے آس پاس کا علاقہ تیمور کے گھوڑوں تلے روندا جا رہا ہے۔"

خواجہ الیاس نے پوچھا۔ "اب ہمیں کیا کرنا چاہئے؟"

گاشی نے جواب دیا۔ "با عزت پسپائی، آبرو مندانہ واپسی، اپنی مرضی سے پس نشینی۔"

خواجہ الیاس نے پوچھا۔ "ہمارا دشمن کیا سوچے گا؟"

گاشی نے جواب دیا۔ "خان! دشمن کی پرواہ نہ کر، بلکہ یہ سوچ کہ گھوڑوں کے بغیر، پیادہ منگولوں سے دشمن سلوک کیا کرے گا؟"

خواجہ الیاس نے فکر و تشویش سے اپنا سر جھکا لیا۔ وہ واپسی پر مجبور ہو گیا تھا، لیکن دل آمادہ نہ تھا، اس نے کہا۔ "تائی جوت کے شامان! میں تو یہ سمجھا تھا کہ تو تاتاریوں سے مل گیا ہے اور اُن کی خاطر شامان کا سوانگ بھرا ہے، لیکن اب تو تیرے شامان ہونے کا یقین کرنا ہی پڑے گا۔" پھر پوچھا۔ "جب منگولوں کو اسی وقت واپسی کا حکم دے دوں گا، کیا تو بھی ہمارے ساتھ واپس چلے گا؟"

گاشی نے جواب دیا۔ "میں شامان ہونے کے باوجود خانِ اعظم کا ملازم ہوں اور اپنے آقا کا حکم ماننا میرا فرض اولیں ہے۔"

خواجہ الیاس نے کہا۔ "تب پھر تو میری خاطر تاتاریوں میں جاسوس بن کر رہ۔ مجھے یقین ہے کہ اگر تاتاریوں کو موقع مل گیا تو یہ بہت جلد ہمارے طاقتور حریف ثابت ہوں گے۔"

گاشی نے عاجزی سے کہا۔ "میں خان کے لئے ہر مردانہ خدمت انجام دے سکتا ہوں لیکن جاسوس نہیں بن سکتا، کیونکہ جب میں جاسوس بن کر تاتاریوں میں رہوں گا تو ان سے تعلقات بھی بڑھیں گے، اُن کے کھانے بھی کھاؤں گا اور یہ بات تائی جوت کی روایات کے خلاف ہوگی کہ میں اپنے میزبانوں سے دغا کروں۔ خان! آخر ہم قبائلیوں میں بھی تو روایات ہوتی ہیں جن پر ہم فخر کر سکتے ہیں اور جن پر ہمیں ناز ہوتا ہے۔"

خواجہ الیاس کو غصہ آگیا، اشتعال میں بولا۔ "خانِ اعظم چنگیز خان کے اس احسان کو ہمیشہ یاد رکھنا کہ اس نے جھیل بیکال کے چاروں طرف رہنے والوں کو ایک کر دیا اور انہیں گوبی کے صحرا سے نکال کر آدھی دنیا کا مالک بنا دیا، ورنہ یہ تائی جوت والے وہی تو ہیں جن کے آباؤ اجداد چور تھے اور

انہوں نے خانِ اعظم چنگیز خاں کے آٹھ گھوڑے اس وقت چوری کر لیے تھے جب خانِ اعظم صرف تموجن تھا اور تموجن نے کئی دن تک چوروں کا تعاقب کیا تھا اور آخر کار تائی جوت کے چوروں سے بزورِ قوت اپنے آٹھوں گھوڑے چھین لیے تھے۔"

گاشی نے نفرت سے منہ بنایا۔ "خان! تائی جوت کے عیب نہ گِنا، کیونکہ خود خانِ اعظم نے ان باتوں کو بھلا دیا تھا۔ رہی یہ بات کہ خانِ اعظم ہمیں جھیل بیکال یا صحرائے گوبی سے نکال لایا اور ہمیں آدھی دنیا کا مالک بنا دیا تو اس کے ساتھ ہی تجھے یہ بھی بتانا چاہیے کہ اگر صحرائے گوبی یا جھیل بیکال کے چاروں طرف بسنے والے قبیلے خانِ اعظم کا ساتھ نہ دیتے تو وہ آدھی دُنیا کو کس طرح فتح کرتا۔ خانِ اعظم کی فوج کشی اور کشور کشائی میں ساری قومیں شامل تھیں لیکن حکومت، خانِ اعظم کی اولاد ہی کو ملی۔ خانِ اعظم کی اولاد آج بھی حکمران ہے اور ہم آج بھی چاکر ہیں۔ اب تو ہی بتا کہ کس کو اُس کی خدمت کا کتنا صلہ ملا؟ کس نے کیا پایا اور کیا نہیں پایا؟"

خانِ اعظم چُپ ہو گیا۔ اس کی سمجھ میں نہیں آ رہا تھا کہ اس چالاک شامان کو کیا جواب دے۔ وہ لاجواب ہو چکا تھا، پھر بھی وہ اپنی بات پر اڑا رہا، بولا۔ "تجھے خانِ اعظم کی خاطر تاتاریوں میں رہ کر جاسوسی کرنا ہو گی کیونکہ میں تجھے اپنے ساتھ نہیں لے جاؤں گا۔ تو سمرقند میں رہے گا۔"

شامان نے آہستہ سے جواب دیا۔ "بہتر ہے، میں رہ جاؤں گا، لیکن کام اپنی مرضی سے کروں گا۔"

خواجہ الیاس نے خوش ہو کر کہا۔ "ہم سب قبائلی ایک ہیں۔ میرے آباؤ اجداد نے دنیا کو دو حصوں میں تقسیم کر دیا تھا۔ ایک تو وہ ہیں جو لکھتے پڑھتے ہیں، عالیشان مکان بناتے ہیں، شاندار لباسوں اور شاندار محلوں میں رہتے ہیں، جو کتابیں لکھتے اور حساب کتاب جانتے ہیں اور دُوسری دنیا وہ ہے جو کھیتی باڑی نہیں جانتی، جو لکھنا پڑھنا نہیں جانتی، جو پہاڑی چٹانوں اور خیموں میں رہتی ہے، جو اُن لوگوں پر حکومت کرتی ہے جن کے شاندار لباسوں اور شاندار محلوں نے انہیں کاہل، نکما، آرام طلب اور نمائشی بنا دیا ہے، وہ منگول ہوں یا تائی جوت والے، متمدن دُنیا ہر اُس قوم سے خوفزدہ ہے جو ہمارے جدِ فاتح چنگیز خان کے یاک کے نو دُموں والے پرچم کے زیرِ سایہ دنیا کو فتح کرنے نکلے تھے۔ اس طرح گاشی! تُو ہماری ہی دنیا سے تعلق رکھتا ہے؟"

گاشی نے جواب دیا۔ "اس طرح تاتاری بھی تو اپنے ہی ہیں۔ یہ لوگ بھی تو جنگوں میں خانِ اعظم کے رفیق تھے۔"

خواجہ الیاس نے کہا۔ "ہاں، یہ بھی اتحادیوں میں شامل تھے لیکن یہ پھر بھی تاتاری لادور

کے لوگ) ہیں اور ان کی اسی خصوصیت نے انہیں ہمارا مدِمقابل بنا دیا ہے؟"

خان کے خیمے کے باہر سے لوگوں کے تیز تیز باتیں کرنے کی آوازیں آ رہی تھیں۔ ایک منگول سردار نے پکار کر کہا: "ہمارے گھوڑے بڑی تیزی سے ہلاک ہو رہے ہیں۔ خانِ اعظم کو فوراً کوچ کرنا چاہیے ورنہ کہیں ایسا نہ ہو کہ بہتوں کو پاپیادہ سفر کرنا پڑے"۔

خواجہ الیاس چند گھنٹوں میں سفر کے لئے تیار ہو گیا۔ وہ خیمے سے نکلا، چند گھوڑوں پر ضروری چیزیں بار کیں، اور دو کوتل گھوڑے لے کر تیسرے پر سوار ہو گیا۔ خان کے آس پاس محافظ منگولوں کا دستہ تھا۔ اس نے پیچھے رہنے والوں کو حکم دیا کہ وہ اس کا بقیہ سامان اور خیمے وغیرہ اکھاڑ کر تاشقند میں آ ملیں۔ پھر یہ حکم عام بھی دیا کہ منگول فوراً کوچ کریں اور تاشقند میں قیام کریں۔

خواجہ الیاس اور اس کا محافظ دستہ سڑاند پھیلانے والے مردہ گھوڑوں کے بیچ سے گزر کر بمشکل اس شاہراہ پر پہنچے جو شمال مشرق میں دریائے سیر کی طرف جاتی تھی۔ سیر کے اس پار تاشقند تھا۔

خواجہ الیاس تو چلا گیا لیکن منگولوں کو بڑی زحمت پیش آئی۔ ان کے بیشتر گھوڑے مر چکے تھے اور جو بچے تھے ان کا بھی بھروسہ نہیں تھا کہ وہ کب تک زندہ رہیں گے۔ بچے ہوئے گھوڑوں کی تعداد اتنی کم تھی کہ اگر ان پر دو دو منگول بیٹھتے تب بھی ناکافی ہوتے۔ اس کے علاوہ منگولوں کو اپنا سامان بھی لے جانا تھا۔ وہ اپنا سامان کاندھوں پر رکھ کر اتنا لمبا سفر نہیں کر سکتے تھے۔ انہوں نے مجبوراً اپنا بھاری سامان وہیں چھوڑ دیا اور جو کچھ اپنے ساتھ لے جا سکتے تھے لے کر تاشقند کی طرف چل پڑے۔ تمام منگولوں نے کمانیں شانوں سے پھنسا رکھی تھیں اور تلواریں ان کی بغلوں کے نیچے لٹک رہی تھیں۔

تیمور بھی بے خبر نہیں تھا۔ گھوڑوں کی وبا کی خبریں وہ بھی سن چکا تھا۔ اس نے ایکو تیمور اور ایلچی بہادر کو منگولوں کے محاذ پر روانہ کر دیا اور انہیں ہدایت کی کہ وہ جو کچھ دیکھیں، من و عن اس سے آگاہ کریں۔ تیمور نے تاتاریوں کے چند دستے بھی بھیجے اور انہیں حکم دیا کہ وہ بھگوڑے منگولوں کا تعاقب کریں اور انہیں جتنا بھی پریشان کر سکیں، ضرور کریں۔

ایکو تیمور اور ایلچی بہادر تاتاریوں کے دستوں کو لے کر جب اس جگہ پہنچے جہاں منگول، بغیر لڑے ہی پسپا ہو گئے تھے تو مردہ گھوڑوں کی سڑاند نے ان کے دماغ اڑا دیے۔ انہیں منگولوں کا پیچھا کرنے کے لئے میلوں کا چکر لگانا پڑا۔ مردہ گھوڑے اور زیادہ سڑ رہے ہوئے تھے۔ تاتاری اس خوف سے اور زیادہ محتاط تھے کہ کہیں ان کے اچھے بھلے گھوڑے بھی اس وبا کا شکار نہ ہو جائیں۔ کہیں کہیں پریشان منگول ملے بھی تو ان کی پریشانیوں کی وجہ سے انہیں معاف کر دیا گیا۔

منگولوں میں گاشی شامان تنہا وہ شخص تھا' جس کا سفر سمرقند کی طرف تھا۔ ایلچی بہادر نے گاشی شامان کو آتے دیکھا تو وہ گھوڑا دوڑاتا ہوا گاشی کے قریب پہنچ گیا۔ اس نے گاشی پر کمند پھینکی جس سے شامان لڑکھڑا کر ڈھیر ہو گیا۔ ایلچی بہادر نے اسے اپنی طرف کھینچا اور پوچھا "منگول! تو کون ہے اور کہاں جا رہا تھا؟"

گاشی نے تنک مزاجی سے جواب دیا۔ "او تیرا ستیاناس ہو' یہ تو نے کیا کیا کہ مجھ پر کمند پھینک کر مجھے گرا دیا؟"

ایلچی بہادر نے کہا۔ "میں ایلچی بہادر ہوں۔ میرا اتنا ہی بتا دینا کافی ہے اور تو کون ہے؟"

گاشی نے جواب دیا۔ "میں تائی جوت کا شامان ہوں اور جب سے میرا پاؤں زخمی ہوا ہے مجھ پر اچانک یہ بات واضح ہو گئی ہے کہ میں شامان ہوں اور میرا ہر بچہ ہوا غیب کی پُراسرار سرگوشیاں سن سکتا ہے۔"

ایلچی بہادر کو یہ آدمی دلچسپ نظر آیا' پوچھا۔ "اب تو کہاں جا رہا تھا؟"

گاشی نے جواب دیا۔ "سمرقند!"

ایلچی بہادر نے حیرت سے کہا۔ "لیکن تیرے ہم قوم تو شاید المالیق جا رہے ہیں' تو ان کے ساتھ کیوں نہیں گیا؟"

گاشی نے غصے میں کہا۔ "تو عجیب بے حس انسان ہے خود تو آزاد کھڑا ہے اور مجھے باندھ رکھا ہے۔ تیرا آقا تیمور کہاں ہے؟"

ایلچی بہادر کو اس پر شبہ ہوا' طنزاً بولا۔ "اپنے آقا تیمور سے بھی تیری ملاقات کرا دوں گا' گھبرا نہیں!"

ایلچی بہادر گاشی کو گرفتار کر کے سمرقند لے گیا۔

منگولوں کی دیائی شکست کا حال سن کر الجائی کا بھائی اپنے آدمیوں کو لے کر سمرقند پہنچ چکا تھا لیکن تیمور کا کہیں پتہ نہ تھا۔ وہ شاید شہر سبز میں بیٹھا حالات کا جائزہ لے رہا تھا۔ گاشی شامان کی طرح تیمور کی نظر میں بھی پورے ماوراءالنہر' ایران' شمال کے ازبکی علاقے' چین اور ختا پر جمی ہوئی تھیں اور اس کی قوتِ متخیلہ میں تاتاریوں کے گھوڑے شمالی' جنوبی اور مغربی ایشیا کو روندتے پھر رہے تھے۔

چالاک اور موقع پرست حسین جب سمرقند میں داخل ہوا تو شہری' منگولوں کی واپسی کا جشن

منا رہے تھے۔ باغوں میں رقص و موسیقی کی محفلیں جمی ہوئی تھیں۔ گھروں کو خوشنما پردوں سے آراستہ کر دیا گیا تھا اور چراغاں کے لئے منوں تیل کا انتظام کیا گیا تھا۔ اس سمرقند میں ایکو تیمور کا بھی گھر تھا اور یہیں ایلچی بہادر بھی رہتا تھا۔ ایلچی بہادر، گاشی کو اپنے گھر لے گیا۔ گاشی نے اس سے درخواست کی کہ وہ اسے آزاد کر دے اور صرف نگرانی پر اکتفا کرے، پھر جب تیمور آجائے گا تو وہ خود ہی کوئی فیصلہ کر دے گا۔ ایلچی بہادر نے شامان کی بات مان لی اور اسے آزاد کر دیا۔ شامان نے سمرقند والوں کو خوشیاں مناتے دیکھا تو ہنسا اور طنزاً کہا۔ "یہ تو اس طرح خوشیاں منا رہے ہیں گویا انہوں نے منگولوں کو شکست دے دی ہو حالانکہ یہ بات انہیں خود بھی معلوم ہوگی کہ اگر گھوڑوں کی وبا نہ پھیلتی تو آج سمرقند میں خوشی کے شادیانے نہ بج رہے ہوتے اور یا تو یہاں قبرستان جیسی خاموشی ہوتی یا پھر کہیں کہیں سے گریہ و بکا اور رونا اور نوحہ اور بین کی آوازیں آ رہی ہوتیں۔ یہاں خاکستروں کا ڈھیر ہوتا اور انسانی لاشوں کے ملبے جگہ جگہ گل سڑ رہے ہوتے۔"

ایلچی بہادر نے کہا۔ "تو اپنی زبان بند رکھ اور بدبخت انسان! اگر منگول، گھوڑوں کی وبا سے نہ جاتے تو ہم انہیں چاروں طرف سے گھیر کر ٹھکانے لگا دیتے۔"

شامان چپ ہو گیا تھا اس لئے بات آگے نہ بڑھ سکی۔

ایلچی بہادر شامان کو جلانے کی خاطر جشن چراغاں میں لے گیا۔ یہ ایک پُرفضا باغ میں منعقد ہوا تھا۔ اس جشن میں بچے، بوڑھے، جوان، مرد اور عورتیں، سبھی نے مل جل کر حصہ لیا تھا۔ گاشی کے پاؤں کے زخم اسے صحیح طرح چلنے نہیں دے رہے تھے۔ وہ چلنے کے دوران زخمی پاؤں کو زمین پر جما کر دوسرے پاؤں کو تیزی سے آگے بڑھا دیتا۔ گاشی کے لنگ نے لوگوں کو تیمور کی یاد دلا دی جو اسی طرح چلا کرتا تھا۔ جشن کے شرکاء شامان کو بڑے غور سے دیکھتے، کیونکہ شامان کا لنگڑا کر چلنا دوسروں کو خواہ مخواہ اپنی طرف متوجہ کر لیتا تھا۔

درختوں کی شاخوں سے قندیلیں لٹکی ہوئی تھیں اور ان کی روشنی میں ایسا لگتا تھا گویا درختوں میں روشن پھلوں کی بہار آئی ہوئی ہے۔ یہاں چھوٹی چھوٹی نہریں بھی تھیں اور ان کے دونوں کناروں پر سبزے کا فرش بچھا ہوا تھا۔ شہتوت، خروٹ اور انگور کی بیلیں اور درخت پورے باغ میں ہر جگہ موجود تھے۔ درختوں کے نیچے، انگور کے سائبان تلے اور سبزوں کے اوپر رقص و موسیقی کی محفلیں سجی ہوئی تھیں۔

ایلچی بہادر اسے لے کر ایک ایسے ہجوم میں گھس گیا، جہاں چند حسین عورتیں رقص اور گانے میں مصروف تھیں اور ان کے مقابل چار عورتیں ساز بجا رہی تھیں۔ عورتوں کی آواز میں غضب کی ہم آہنگی تھی اور وہ گانے کے کسی بھی مرحلے پر اپنی ہم آہنگی کو مجروح نہیں ہونے دے رہی

تھیں۔ ایلچی بہادر کو دیکھ کر لوگ راستہ دے رہے تھے۔ سمرقند کے لوگ ایلچی بہادر کی بڑی عزت کرتے تھے۔ گاشی شامان نے ایلچی بہادر سے خواہش کی کہ وہ رقص و موسیقی کے اس ہجوم میں کچھ دیر رُکنا چاہتا ہے۔

ایلچی بہادر نے جواب دیا۔ "تو یہاں رُکنا چاہتا ہے تو رُک جا لیکن اگر تو میری رائے لے گا تو میں یہی کہوں گا کہ تو میرے ساتھ یونہی گھومتا پھرتا رہ، کیونکہ چلنے پھرنے میں زیادہ لطف ہوتا ہے۔"

شامان نے کہا "لیکن میں اس جگہ ضرور رُکوں گا۔ کیونکہ یہاں جو عورتیں رقص کر رہی ہیں، ان میں کی ایک عورت، جو شاید ابھی عورت نہیں لڑکی ہے، مجھے بڑی اچھی لگ رہی ہے۔"

ایلچی بہادر نے بے دلی سے جواب دیا۔ "تیری مرضی۔ میں تجھے مجبور بھی نہیں کروں گا۔"

گاشی، ایلچی بہادر کے ساتھ، ناچنے والی لڑکیوں یا عورتوں کے بالکل قریب جا بیٹھا۔ یہ گا رہی تھیں۔

کچھ لوگ کہتے ہیں کہ انسان کشور کشائی کے لئے پیدا کیا گیا ہے۔
بعض کا خیال ہے، یہ نسل بڑھانے کے لئے آیا ہے۔
اکثریت ہے جو کہتی ہے، آدمی اپنے خالق کی عبادت کے
لیئے پیدا کیا گیا ہے، لیکن اے سادہ لوح انسان!
آ، میں تجھے بتاؤں کہ انسان کیوں پیدا کیا گیا،
یہاں مرد ہے یا عورت، یہ دونوں ایک دوسرے
کے لئے پیدا ہوتے ہیں۔
یہاں عشق ہی عشق ہے، محبت ہی محبت،
اگر تیرا سینہ عشق سے معمور ہے اور تیرا دل محبت سے لبریز ہے
تو پھر تجھے کسی چیز کی ضرورت باقی نہیں رہتی۔
کسی کو دولت کی ہوس ہے، کسی کو شہرت کی،
کسی کو اپنے علم پر ناز ہے تو کسی کو اپنے ہنر پر
لیکن ان میں بہت کم ہیں جو یہ جانتے ہیں کہ
یہاں عشق ہی عشق ہے، محبت ہی محبت
اگر تیرا سینہ عشق سے معمور ہے اور تیرا دل محبت سے لبریز ہے

تو پھر تجھے کسی چیز کی ضرورت باقی نہیں رہتی۔
جھیل بیکال کے چاروں طرف بہنے والے دریا
دریائے سیر اور دریائے آمو کے درمیان سرسبز وادی،
اونچے اونچے پہاڑوں پر سورج کی کرنوں سے چمکتی ہوئی برف
اور دریائے آمو کے جنوب میں رنگ برنگے پھولوں سے
آراستہ گلستان، ہمیں ایک ہی پیغام دے رہے ہیں۔
یہاں عشق ہی عشق ہے، محبت ہی محبت
اگر تیرا سینہ عشق سے معمور ہے اور تیرا دل محبت سے لبریز
تو پھر تجھے کسی چیز کی ضرورت باقی نہیں رہتی۔

اس گیت نے تائی جوت کے شامان میں وجدانی کیفیت پیدا کر دی۔ ان عورتوں اور لڑکیوں میں جس کی آواز سب سے نمایاں اور سریلی تھی، یہ وہی تھی جو گاشی کو دور ہی سے بہت اچھی لگ رہی تھی جس کی کشش نے اس کے پاؤں پکڑ لئے تھے اور وہ ایلچی بہادر کی مرضی کے خلاف یہاں آ کھڑا ہوا تھا گاشی کو اس لڑکی کے خدوخال دوسروں سے مختلف محسوس ہو رہے تھے۔ اس کا حسن منگولیا کے شمالی قبائلیوں جیسا تھا۔ یہ لڑکی اسے تائی جوت کی حسینہ لگ رہی تھی۔ کھنچے ہوئے ابروؤں کے نیچے سوئی سوئی سیاہ آنکھیں، سولہ سترہ سالہ، طلوع ہوتا ہوا شباب جس پر ملاحت اور صباحت کی تہیں جمی ہوئی تھیں۔ گدرایا گداز جسم، جو شباب کے رس سے لبالب تھا اور ایسا لگتا تھا جیسے چھلکنے ہی والا ہے اور گاشی، تیر کمان اور تلوار کا دھنی، جس قوم کا نمائندہ تھا، وہاں لڑکی یا عورت کا ایک ہی مصرف تھا "حظِ نفس" لذت کوشی۔ جب بھی عورت کی بھوک لگے، اسے اس طرح مٹایا جائے جس طرح پیٹ کی بھوک مٹائی جاتی ہے۔ گاشی جانتا تھا کہ بھوک لگنے پر اسے جو کچھ بھی مل جاتا تھا اسے کھا کر پیٹ کی آگ بجھا لینا تھا۔ صحرائے گوبی کو عبور کرتے ہوئے جب پانی کا ذخیرہ ختم ہو جاتا اور دور دور تک پانی کا نام و نشان تک نظر نہ آتا تو وہ اپنے ساتھیوں کی طرح گھوڑوں کے جسم میں شگاف دے کر خون سے پیالے بھر لیا کرتے تھے اور پھر اس خون سے اپنی پیاس بجھایا کرتے تھے۔ اس طرح جب عورت کی بھوک پریشان کرتی تھی تو وہ بڑی آزادی سے مفتوحہ بستیوں میں گھس جاتے اور اچھی بری، جوان، ادھیڑ یہاں تک کہ اگر کمسن لڑکیاں تک ہاتھ لگ جاتیں تو انہیں بھی معاف نہ کیا جاتا اور نفس کی سرکشی کو تسکین پہنچائی جاتی۔ نفس کی آگ بجھ جاتی تو یہ عورتیں یا لڑکیاں ان کے لئے بیکار ہو جاتیں اور وہ انہیں ان کے حال پر چھوڑ کر آگے بڑھ جاتے۔

یہ لوگ عورتوں کے آزار میں نہیں مبتلا ہوتے تھے کیونکہ ان کے لئے فاتح بن فخر کی بات تھی اور مفتوح بن جانا شرمناک فعل۔ انہیں اونچے اونچے مکانوں میں بند شہری بڑے عجیب لگتے جو پوری دنیا سے کٹ کر عورتوں کے مشاغل میں مبتلا رہتے تھے۔ جو عورتوں سے عشق کرتے تھے، ان سے محبت کرتے تھے اور ان کے عشق میں مبتلا ہو کر شاعری کرنے لگتے تھے۔ گاشی کی سمجھ میں آج تک یہ بات نہیں آئی تھی کہ کوئی مرد کس طرح کسی عورت کی محبت میں گرفتار ہو جاتا ہے۔ اس کا خیال تھا کہ ایسا اسی وقت ممکن ہے جب آدمی کے پاس کرنے کو کچھ بھی نہ ہو اور وہ پوری دنیا سے کٹ کر گوشہ نشینی اختیار کر کے کسی ایک جگہ پر پڑا ہوا۔ چنانچہ جب اس نے اس لڑکی کو دیکھا اور یہ لڑکی اسے اچھی لگی تو اس کی آنکھوں میں یہ ارادہ جھلک اٹھا کہ وہ کچھ عرصے کے لئے سمرقند میں رہ جانا چاہتا تھا۔ اسے گیت کے بول اور ان کا مفہوم بھی اچھا لگا تھا۔ ان میں شراب جیسا نشہ اور شباب جیسا مزہ تھا۔ وہ اس لڑکی سے بات کرنا چاہتا تھا اور اپنی قوم کی عام روش کے مطابق اس سے اپنے نفس کی آگ بجھانا چاہتا تھا لیکن یہاں ایسا ممکن نہ تھا کیونکہ سمرقند اس کی قوم کا مفتوحہ علاقہ نہیں تھا۔ سمرقندی، فاتح تھے اور وہ خود مفتوح۔ اس صورت حال میں وہ اس لڑکی کو کس طرح حاصل کرے گا اور اس سے کس طرح اپنے نفس کی آگ بجھائے گا؟ یہ بڑا پریشان کن مسئلہ تھا۔ بڑا پیچیدہ اور تھکا دینے والا سوال تھا۔ یہاں من مانی نہیں چل سکتی تھی۔ گاشی کی سمجھ میں جب کچھ بھی نہ آیا تو اس نے جرأت سے کام لیا اور وہ کسی خطرے کی پرواہ کئے بغیر لوگوں کو چیرتا ہوا لڑکی کے پاس پہنچ گیا۔ اس نے جاتے ہی لڑکی کا ہاتھ پکڑ لیا۔ بولا۔ "سچ بتا، کیا تیری سریلی آواز کی طرح گیت کے بول بھی تیرے اپنے ہی تھے؟"

لڑکی گھبرا گئی اور ہاتھ چھڑانے کی کوشش کی۔ دوسری لڑکیاں اور عورتیں ادھر ادھر ہو گئیں۔ مردوں میں بھی کھلبلی پڑ گئی۔ ایلچی بہادر بھی گاشی کی اس حرکت پر پریشان تھا۔ وہ بھی مجمع کو چیرتا ہوا گاشی کے پاس پہنچ گیا اور اسے حکم دیا۔ "تائی جوت کے شہزادے! لڑکی کا ہاتھ چھوڑ دے!"

لیکن یہ حکم ابھی زبان سے ادا بھی نہ ہوا تھا کہ ایک پچیس چھبیس سالہ نوجوان نے گاشی کو گدی سے پکڑ کر کھینچ لیا۔ گاشی پیٹھ کے بل گرا تو اس کے ساتھ ہی لڑکی بھی کھنچ آئی اور وہ بھی گاشی کے پہلو میں آ گری۔ نوجوان نے ڈپٹ کر کہا۔ "لڑکی کا ہاتھ چھوڑ دے ورنہ میں تجھے قتل کر دوں گا۔"

گاشی نے جواب دیا۔ "نوجوان! تو ہم دونوں کے درمیان کیوں آ رہا ہے۔ مجھے یہ لڑکی اچھی لگی تو میں نے اس کا ہاتھ پکڑ لیا۔ اب میں اسے اپنے ساتھ لے جاؤں گا اور اس سے وہ آزاد پوری

کردوں گا جو آگ کی طرح میرے سینے کو پھونک رہی ہے۔"

ایلچی بہادر نے غصے میں کھینچ کر اسے کھڑا کر دیا اور کلائی پر مکا مار کر لڑکی کا ہاتھ چھڑانے کے بعد اس نوجوان کو بھی پیچھے دھکیل دیا جس نے گاشی کی گدی پکڑ لی تھی۔

لڑکی فوراً ہی فرار ہوگئی۔ تین لوگوں نے گاشی کو گھیر لیا۔ وہ مشتعل تو بہت تھے لیکن اپنے درمیان ایلچی بہادر کو دیکھ کر اپنے اشتعال کو دبائے ہوئے تھے۔ ایلچی بہادر نے گاشی کا ہاتھ پکڑا اور مجمعے سے باہر نکال لایا۔ بولا۔ "شامان! تو پہلی بار شہر میں آیا ہے؟ کیا تو نہیں جانتا کہ شہروں میں لوگ کس طرح رہتے اور معاشرتی آداب کیا ہوتے ہیں؟"

گاشی نے جواب دیا۔ "مجھے شہروں کے معاشرتی آداب سمجھنے کی کوئی ضرورت ہی نہیں کیونکہ ہم منگول بس ایک ہی بات جانتے ہیں، وہ یہ کہ ملکوں اور شہروں کو فتح کرنے والوں کو شہری معاشرتی آداب سمجھنے کی کوئی ضرورت نہیں اور ایک فاتح کا اپنی قوم کے علاوہ کسی سے بھی کوئی ایسا رشتہ نہیں ہوتا کہ وہ کسی آداب یا قاعدے قانون کی پابندی کرے۔ مفتوح کی ہر چیز فاتح کی ہوتی ہے، اس طرح لڑکی یا عورت بھی فاتح کی ملک ہوتی ہے۔"

ایلچی بہادر نے کہا۔ "تو پاگل ہو گیا ہے۔ کیا تو سمرقند میں فاتح کی حیثیت سے داخل ہوا ہے؟ اگر اس وقت تیرے ساتھ میں نہ ہوتا تو جشن گاہ کے لوگ تیری بوٹیاں اڑا دیتے اور اب بھی کیا پتہ کہ تیرے ساتھ کس وقت کیا سلوک کیا جائے گا۔"

گاشی ایلچی بہادر کی صورت دیکھ رہا تھا۔ یہ بات اس کی سمجھ میں نہیں آ رہی تھی کہ منگولوں کے علاوہ بھی کوئی قوم فتحمندی کے خواب دیکھ سکتی ہے۔ بولا۔ "ایلچی بہادر! نیلے آسمان کی جاودانی قوتیں تجھے خوش و خرم رکھیں، مجھے اس لڑکی کا پتہ تو بتا دے کیونکہ میں نے یہ فیصلہ کر لیا ہے کہ اس لڑکی کو حاصل کروں گا۔"

ایلچی بہادر نے جواب دیا۔ "گاشی! تیرا تو دماغ خراب ہو گیا ہے۔ وہ لڑکی تجھے نہیں مل سکتی کیونکہ کوئی بھی متمدن شہری اپنی بیٹی کا ہاتھ کسی وحشی منگول کے ہاتھ میں نہیں دے سکتا۔"

گاشی نے گھر پہنچ کر اپنی شامانی قوت سے یہ معلوم کرنے کی کوشش کی کہ وہ اس لڑکی کو حاصل کر سکے گا یا نہیں؟ اس نے آنکھیں اور دونوں کان بند کر لیے اور بند ہونٹوں سے لڑکی کا مستقبل دیکھنے لگا۔ وہ حیران تھا کہ اس لڑکی کے ساتھ ہی ایک اور شخص بھی موجود ہے اور وہ لڑکی گاشی کی طرف راغب و متوجہ ہونے کے باوجود اس کے پاس نہیں ہے۔ اسے جو کچھ بھی نظر آ رہا تھا، واضح نہیں تھا، دھندلا دھندلا تھا۔ پھر اس کے سامنے ایک قبر آ گئی، اس قبر کے دونوں کناروں میں سے ایک

پر خود گاشی کھڑا تھا اور دوسرے کنارے پر وہ شخص جو لڑکی کے ساتھ نظر آیا تھا۔ قبر گہری نہیں تھی اور اس میں خانِ اعظم کی ماں کا لاشہ اتارا جا رہا تھا۔ یہ سب کیا تھا اور کیوں ہو رہا تھا، گاشی کی سمجھ میں نہ آسکا۔

حسین اپنی فوج کے ساتھ سمرقند میں داخل ہوا تو اس کا نہایت شاندار استقبال کیا گیا۔ اس کے بعد جنوبی دروازے سے تیمور بھی داخل ہوا لیکن اس کا حسین جیسا استقبال نہیں کیا گیا۔ کیونکہ سمرقند کے لوگ حسین پر تیمور کو ترجیح نہیں دے سکتے تھے۔ حسین امیر کازغان کا نواسہ اور کابل کا حکمران تھا، اس لئے سمرقند کی حکومت بھی اسی کو زیب دیتی تھی۔ رہا تیمور کا معاملہ تو وہ عزلت نشین اور صوفی مزاج ترغائی کا بیٹا تھا اور آبائی حسب و نسب میں وہ حسین سے کمتر ہی تھا۔

اس موقع پر حسین نے حکومت کرنے کی ایک دُور رس تدبیر سوچی۔ اس نے سوچا کہ اگر اس نے اپنی حکومت کا اعلان کر دیا تو منگولوں کے لئے اس کی حکومت قابلِ قبول نہ ہوگی اور آئے دن جھگڑے بپا رہنے کا امکان پیدا ہو جائے گا، لہٰذا اس نے قابلشا نامی ایک منگول کو حکمران بنا دیا اور خود اس کا نائب بن گیا۔ قابلشا، خانِ اعظم خواجہ الیاس کا قریبی رشتے دار تھا، اس لئے حسین کا یہ خیال تھا کہ قابلشا کی موجودگی میں منگول اس سے نہیں الجھیں گے اور قابلشا کے پردے میں وہ حکومت کرتا رہے گا، لیکن جب یہ بات تیمور کو معلوم ہوئی تو اس نے حسین کی رائے سے اختلاف کیا اور صاف صاف کہہ دیا۔ "اب حکومت منگول نہیں، کوئی تاتاری کرے گا۔ حسین کو قابلشا کی نیابت مبارک لیکن میرا راستہ اس سے مختلف ہے!"

حسین، تیمور کو اپنے لئے خطرہ محسوس کرتا تھا، چنانچہ تیمور نے جیسے ہی نام نہاد منگول قابلشا کی حکومت سے اختلاف کیا، حسین کے ہاتھ میں ایک چیز آ گئی۔ اس نے صاف صاف اعلان کر دیا۔ "وادی کی حکومت منگول سردار قابلشا کے ہاتھ آ گئی ہے، اس لئے اب قابلشا ہی صوبے داروں کا تقرر کرے گا اور میں اس کے نائب کی حیثیت سے اس کی تعمیل کراؤں گا۔"

تیمور نے پورے اعتماد اور قوتِ ارادی سے جواب دیا۔ "حسین! صوبے داروں کی تقرریاں جس طرح چاہے کر، لیکن یہ یاد رکھ کہ شہر سبز سے دریائے آمو تک کا علاقہ میرا ہے اور کسی کی مجال نہیں جو مجھے اس سے محروم کر دے۔"

حسین نے بھی بے مروتی سے بات کی۔ "تیمور! جوش میں آنے کی ضرورت نہیں ہے، میں نے جنگوں میں تیرا بہت ساتھ دیا ہے۔ حد تو یہ ہے کہ میں نے آج تک تجھ سے یہ بھی نہیں کہا کہ تو جنگوں

ہیں ہونے والے نقصانات کی تلافی ہی کر دے۔ یہ تیرا فرض تھا کہ تو خود ہی میرے نقصانات کا اندازہ لگا کے ان کی تلافی کر دیتا۔ لیکن تو نے ایسا نہیں کیا۔ شاید تو کچھ اور ہی سوچتا ہو۔ تو مستقبل کی حکمرانی کے خواب بھی دیکھ سکتا ہے۔"

تیمور نے جواب دیا۔" حسین! میں عام مردوں کی طرح نہیں کہ تجھ سے وعدہ کر کے فرار ہو جاؤں۔" پھر واپس جاتا ہوا بولا۔" حسین! میرا انتظار کرنا۔ میں تیرے نقصانات کی تلافی میں اپنا پورا اثاثہ دینے کو تیار ہوں۔"

حسین نے طنز کیا۔" تیار ہونے سے کام نہیں چلتا۔ اگر سبز کی صوبے داری چاہتے ہو تو جس حد تک ممکن سمجھو میرے نقصانات کی تلافی کر دو۔ میں اور کچھ نہیں چاہتا۔"

تیمور نے کوئی جواب دیئے بغیر گھر کا رخ کیا اور اپنا سامان اکٹھا کرنے لگا۔

ایلچی بہادر بھی حالات کو بڑی گہری اور تشویش کی نظروں سے دیکھ رہا تھا۔ اس نے قابلشر نامی منگول کو حکمران جو دیکھا تو گاشی کو اس کے پاس لے گیا اور اس کی سفارش کی کہ اس اجڈ اور وحشی تاتی مجوت کو ملازم رکھ لیا جائے۔

قابلشر نے جواب دیا۔" ملازم رکھنے کا سوال ہی نہیں پیدا ہوتا۔ اگر گاشی تاتی مجوت بھی ہے اور شادمان بھی، تو میں اسے اپنے پاس ہی رکھوں گا، کیونکہ مجھے شادمانوں کی بڑی ضرورت ہے۔"

جب گاشی کو قابلشر کے روبرو پیش کیا گیا تو اس نے اپنی باتوں سے نئے خان کو متاثر کیا۔ قابلشر نے ایک بار پھر وہی بات کی، بولا۔" تاتی مجوت میرے اپنے لوگ ہیں اور میں اپنے لوگوں کو ملازم نہیں رکھ سکتا۔ گاشی میرا رفیق اور ساتھی ہے۔"

گاشی اپنی خوش قسمتی پر نازاں تھا۔ اس نے ایلچی بہادر سے کہا۔" ایلچی بہادر! اب تو کیا کہے گا؟ اب تو میں حکمران قوم کا فرد ہوں اور اس وادی میں جو کچھ ہے وہ ہم صحرائے گوبی کے اس پار کے رہنے والوں کی ملکیت ہے۔ اب وہ لڑکی مجھ سے نہیں بچ سکتی۔ میں آج ہی اس کا پتہ لگاؤں گا اور اس سے اپنی تشنگی دور کروں گا۔"

ایلچی بہادر نے کہا۔" کیا تو میری سچی باتیں سن سکے گا؟"

گاشی نے جواب دیا۔" کیوں نہیں؟"

ایلچی بہادر نے کہا۔" میں تیمور کا نمک خوار ہوں اور جب تک اس وادی میں تیمور موجود ہے، میں کسی اور کی حکومت کا تصور تک نہیں کر سکتا۔"

قابلشر نے بگڑ کر پوچھا۔" تو گویا تو مجھے دریائے سیر اور آمو کی درمیانی وادی کا حکمران نہیں تسلیم کرتا؟"

ایلچی بہادر نے جواب دیا۔ "میری طرح اس وادی کا بھی ایک ہی آقا ہے اور اس کا نام ہے تیمور۔ اس کے علاوہ اگر کوئی آقا ہے تو میں اس سے واقف نہیں۔"

قابلژ اس اہانت کو برداشت نہ کر سکا۔ اس نے حسین سے شکایت کی اور کہا۔ "اب یہ تیرا فرض ہے کہ تو میری حکومت کی عزت و آبرو کی حفاظت کرے۔ اگر تو نے ایسا نہ کیا تو لوگ میری عزت کس طرح کریں گے؟"

حسین نے کچھ قریب ہو کر سرگوشی میں کہا۔ "خان! یہ وقت تیمور سے الجھنے کا نہیں ہے، کیونکہ تیمور بڑا ہی کائیاں ہے اور یہ اس طرح کبھی بھی باز نہ آئے گا۔"

قابلژ نے جواب دیا۔ "بہر حال میری ایک بات مان لے۔ تیمور کی سرکشی کا اگر فوراً ہی علاج نہ کیا گیا تو یہ رفتہ رفتہ ناقابلِ علاج ہو جائے گا۔ تو اس کے ساتھیوں کو نہیں دیکھتا جو اس طرح باتیں کرتے پھر رہے ہیں گویا اس وادی کے حقیقی حکمراں وہ خود ہیں؟"

قابلژ کی بات دل کو لگتی تھی۔ حسین نے فیصلہ کر لیا کہ تیمور کو راہ سے ہٹانا بہت ضروری ہو گیا ہے۔ اب وہ تیمور کا بے چینی سے انتظار کر رہا تھا۔ دوسری طرف کاشی، قابلژ کو شیشے میں اتارنے کی کوشش کر رہا تھا، وہ قابلژ کو یقین دلا رہا تھا کہ اگر اس نے کسی طرح تاتاریوں پر قابو پا لیا اور حکمتِ عملی سے ان کا کام تمام بھی کر دیا، تب بھی تاتاریوں کا خطرہ ٹل نہیں سکتا کیونکہ تیمور کا وجود کسی بھی تاتاری کے لیے قوت اور توانائی کی علامت ہے۔

ایلچی بہادر نے تیمور کو اصل صورتِ حال سے مطلع کر دیا اور اس کو یہ یقین دلانے کی کوشش کی کہ حسین نے منگولوں کے بارے میں اگر یہ سمجھ رکھا ہے کہ یہ لوگ کسی طرح ہمارے کام آ سکتے ہیں تو یہ اس کی بڑی بھول ہو گی۔ منگول، اپنی قوم کے سوا کسی کے بھی نہیں ہو سکتے۔ اس نے تیمور کو سمجھایا، اب وقت آ گیا ہے کہ حسین سے کھلم کھلا اختلاف کیا جائے اور اگر موقع ملے تو اس کا معاملہ ہی صاف کر دیا جائے لیکن تیمور کو اس رائے سے اختلاف تھا۔ وہ کہتا تھا کہ اپنے حریفوں کو شکست دینا ہے تو سچائیوں، اصولوں، محنت اور لگن سے شکست دو۔

تیمور نے ایلچی بہادر سے کہا۔ "ایلچی بہادر! مجھے تیری باتیں اور مشورے پسند آئے لیکن افسوس کہ میں ان پر عمل نہیں کر سکوں گا۔ اگر کوئی قند سے ہلاک ہو سکتا ہے تو اسے زہر دینے کی کوئی ضرورت نہیں۔ میں حسین کو قند سے ہلاک کر دوں گا، تو فکر نہ کر۔"

تیمور اپنا اثاثہ کئی گھوڑوں پر لاد کر حسین کے پاس چل دیا۔ اس نے حسین کے خدمت گاروں سے کہا۔ "اپنے آقا سے کہہ دو، تیمور اس کے نقصانات کی تلافی کرنے آیا ہے۔"

حسین، اطلاع پاتے ہی باہر آ گیا۔ گھوڑوں کو قیمتی سامان سے لدا پھندا دیکھ کر اس کی

باچھیں کھل گئیں، مسکراتا ہوا بولا۔ "آخر ہے نا صوفی نیش ترغائی کا بیٹا! تیرا باپ بھی نالچی نہیں تھا۔"

تیمور نے بدمزگی سے کہا۔ "ایک کمرے میں یہ سامان رکھوا دے تاکہ میں اس کا معائنہ کرا دوں اور چند ضروری باتیں کرکے واپس جاؤں۔"

حسین نے اپنے قصر کا ایک کمرہ کھلوا کر سامان اس میں رکھوا دیا۔ تیمور اپنے سامان کی ایک ایک چیز حسین کو دکھانے اور اس کی قیمت بتانے لگا۔ اس سامان میں الجائی کے زیورات بھی تھے۔ بالیاں، گلوبند، ہار اور دوسرے کئی زیورات۔ تیمور نے جب ان زیورات کو چھوا تو اس کا دل بھر آیا۔ حسین نے بھی ان زیورات کو پہچان لیا کہ یہ اس کی مرحوم بہن الجائی کے ہیں۔

تیمور نے بالیاں حسین کی طرف بڑھا دیں اور غمزدہ آواز میں کہا۔ "حسین! یہ تیری مرحوم بہن کی نشانی ہے، لیکن میں اس نشانی کو بھی تیرے حوالے کر رہا ہوں اور اس طرح یہ جتانا چاہتا ہوں کہ میں تیرا نقصان نہیں چاہتا۔"

حسین نے کوئی جواب نہیں دیا اور بالیوں کو اپنے قبضے میں کیا۔

تیمور نے الجائی کے بقیہ زیورات بھی حسین کے حوالے کر دیے اور کہا۔ "اور یہ بھی تیری بہن کی نشانیاں ہیں، افسوس کہ میں انہیں اپنے پاس رکھنے سے معذور ہوں۔"

حسین نے جواب دیا۔ "بھائی تیمور! جب الجائی ہی تیرا ساتھ چھوڑ گئی تو اس کے زیورات رکھنے سے فائدہ؟ تو جب بھی انہیں دیکھتا ہوگا، تجھے الجائی کی یاد ستانے لگتی ہوگی۔ ان زیورات کو میرے حوالے کرکے تو پرسکون ہو جائے گا۔"

تیمور کو بڑا غصہ آیا۔ اس نے برا سا منہ بنا کر کہا۔ "حسین! میں نے تیرا جیسا سخت دل اور بے مروت انسان نہیں دیکھا۔ ہمدردی اور انسانیت کا تقاضا تو یہ تھا کہ تو الجائی کی یادگار مجھے واپس کر دیتا لیکن تو انہیں بھی بڑی بے حسی سے رکھ لینا چاہتا ہے۔"

حسین نے موضوع ہی بدل دیا، بولا۔ "اب تو سبز سے آمو تک کا حکمراں ہے اور کسی کی مجال نہیں جو تیری مخالفت کرے۔"

تیمور نے جواب دیا۔ "لیکن اس سے یہ بات نہیں ظاہر ہونا چاہیے کہ میں اپنا اس سامان کے عوض سبز اور آمو کے درمیان کا علاقہ تجھ سے خرید رہا ہوں۔ اس وقت میں نے جو کچھ بھی دیا ہے تیرے پچھلے نقصانات کی تلافی میں دیا ہے۔"

حسین موم کی طرح نرم پڑ چکا تھا، بولا۔ "بھائی تیمور! اب غصے کو تھوک دو اور میرے بھائی بن جاؤ۔ کیا ماضی میں ہم دونوں نے بھائیوں کی طرح مل جل کر جنگیں نہیں لڑی ہیں؟"

تیمور نے جواب دیا۔ "ہم دونوں نے مل جل کر جنگیں ضرور لڑی ہیں لیکن محض دو حلیفوں کی طرح۔ اب جبکہ تو نے اپنے نقصانات کی تلافی میں میرا اثاثہ قبول کر لیا ہے تو بھائی بننے یا کہلانے کا سوال ہی نہیں پیدا ہوتا۔"

ان دونوں کی باتوں کے درمیان سمرقند کے چند بزرگوں نے حاضر ہو کر انہیں خاموش ہو جانے پر مجبور کر دیا۔ ان کے چہروں کی چتکبری داڑھیاں ان کی ادھیڑ عمری کی غمازی کر رہی تھیں۔ ایک نے درشت لہجے میں کہا۔ "یہ بہت اچھا ہوا کہ تم دونوں ایک ہی جگہ مل گئے ورنہ ہمیں تم دونوں سے الگ الگ مل کر باتیں کرنا پڑتیں اور معلوم نہیں تم میں سے کون ہماری تائید کرتا اور کون مخالفت۔"

تیمور نے پوچھا۔ "کیا بات ہے؟ کیا کسی نے ستایا ہے؟"

حسین نے کہا۔ "اگر معاملہ سبز اور آموں کے درمیان کا ہے تو بھائی تیمور کو حق پہنچتا ہے کہ یہ فیصلہ کریں اور اگر معاملہ سمرقند یا اس کے مضافات سے متعلق ہے تو میں فیصلہ کر دوں گا، گھبرانے کی ضرورت نہیں۔"

ایک شخص نے داڑھی کھجاتے ہوئے پوچھا۔ "اے امیرو! تم یہ بتاؤ کہ اس وادی پر عملاً اور حقیقتاً کس کی حکومت ہے؟ تم دونوں کی یا تم دونوں میں سے کسی ایک کی یا خان قابلشر کی؟"

حسین نے پوچھا۔ "بات کیا ہے؟"

اس شخص نے جواب دیا۔ "خان قابلشر نے ایک شامان پال رکھا ہے۔ وہ کہتا ہے کہ اپنے بالوں کے سوراخ سے فطرت کی سرگوشیاں سن لیتا ہوں۔ وہ خود کو دوسروں سے بڑا اور مقدس سمجھتا ہے اور اس زعم میں وہ من مانی کرنا چاہتا ہے۔ قابلشر اس کی حمایت کرتا ہے۔"

تیمور نے مشورہ دیا۔ "اب جب وہ من مانی کرے تو تم سب مل کر اس کی ہڈیاں توڑ دو۔ اگر وہ واقعی شامان ہے اور بالوں کے سوراخ سے فطرت کی سرگوشیاں سن لیتا ہے تو اسے تمہارے ارادوں کا علم ہو جائے گا اور اگر وہ بنا ہوا شامان ہے تو تم لوگ بآسانی اس کا کام تمام کر سکو گے۔"

حسین، خان قابلشر اور اس کے آدمیوں کی دل آزاری نہیں کرنا چاہتا تھا اس نے مخالفت کی۔ "تم لوگ جس شامان کا ذکر کر رہے ہو، اس کا نام کاشی تایان ہے اور اس کا تانی جوت قبیلے سے تعلق ہے وہ واقعی شامان ہے۔ خبردار جو تم میں سے کسی نے بھی اسے نقصان پہنچانے کی کوشش کی۔ میں کاشی تایان کا حمایتی اور خان قابلشر کا نائب ہوں۔"

تیمور نے حسین سے شکایتہً کہا۔ "حسین تو قابلشز کو خان اور خود کو اس کا نائب بنا کر سخت غلطی کر رہا ہے۔ ایک طرف تو تو مجھے اپنا بھائی کہتا ہے، دوسری طرف خان قابلشز کی نیابت پر فخر کرتا ہے۔ آخر یہ دورخی کیوں ہے؟"

حسین نے جواب دیا۔ "تاتاریوں میں اتنا دم خم نہیں ہے کہ وہ خانِ اعظم کے ٹڈی دل کا مقابلہ کر سکیں۔ ہمیں باعزت زندگی گزارنے کیلئے خان قابلشز کا سہارا لینا ہی پڑے گا۔"

تیمور نے حقارت سے کہا۔ "باعزت زندگی کیلئے خان قابلشز کا سہارا! خوب! حالانکہ تو کابل کا حکمراں رہ چکا ہے اور پھر ایسی بچگانہ بات کہہ رہا ہے۔ اگر کوئی عامی یہ کہے کہ اس نے کسی دربار سے وابستہ ہو کر باعزت زندگی گزارنے کا وسیلہ تلاش کر لیا ہے تو بات بھی ہوگی لیکن اگر یہی بات تیرے جیسا حکمراں کہے تو بڑی شرمناک بات ہوگی۔"

بزرگوں کے وفد کا ایک شخص تیمور کی بات سے بہت خوش ہوا اور بے ساختہ بولا۔ "سبحان اللہ! تیمور نے کیا خوبصورت بات کہی ہے۔ خدا تیمور کو سلامت رکھے۔ دانائی اور بہادری جب یکجا ہو جاتی ہیں تو اس کا نام ہوگا تیمور۔"

حسین آگ بگولا ہو گیا۔ لال پیلا ہوتے ہوتے کہا۔ "بہر حال خان قابلشز کی حکومت، وقت کی ضرورت ہے۔ میں نے حکومت کی ہے اور میں جانتا ہوں کہ ایک حکمراں کو کس وقت کیا کرنا چاہیئے۔"

تیمور کھڑا ہو گیا اور سمرقند کے بزرگوں سے کہا۔ "میرے بزرگو! تم میرے ساتھ آؤ۔ تم بھی کس غلط آدمی کے پاس آ گئے۔ میں منگولوں کی حکومت اور اقتدار کو شرمناک سمجھتا ہوں اور یہ شخص ان کی نیابت پر فخر کر رہا ہے۔ پھر ہم دونوں ایک راستے پر کس طرح چل سکتے ہیں! آؤ، تم لوگ میرے ساتھ آؤ۔"

سمرقندی بزرگوں کا وفد تیمور کے ساتھ ہی باہر نکل آیا۔ حسین تلملا کر رہ گیا۔ اس نے آہستہ سے کہا۔ "تیمور! تو گھبرا نہیں، میں تجھے وہ سبق دوں گا کہ تیرا خاندان ہمیشہ یاد رکھے گا۔"

تیمور نے سمرقند کے بزرگوں کو مشورہ دیا کہ وہ کسی شامان یا خان کی پرواہ نہ کریں۔ انہیں اپنی قوتِ بازو پر بھروسہ کرنا چاہیے۔ اس نے بزرگوں کو یقین دلایا کہ اب وہ دن دور نہیں جب منگولوں کو اس وادی ہی سے نہیں، ان کے کوہستانی مسکنوں سے بھی نکال باہر کیا جائے گا۔ یہ بہت بڑی بات تھی جو تیمور کے سوا کسی دوسرے کی سمجھ میں نہیں آ سکتی تھی۔

حسین نے سمرقند اور اس کے مضافات کے سرداروں کو ہم خیال بنانا شروع کر دیا اور وہ اس میں بڑی حد تک کامیاب بھی ہو گیا لیکن تیمور کے پاس جو سردار جمع ہوئے تھے وہ

سرفروشی اور بہادری میں جواب نہ رکھتے تھے۔ اب حسین اور تیمور میں سرد جنگ شروع ہو گئی تھی۔ ایلچی بہادر، جاکو برلاس اور ایکو تیمور نہایت ہوشیاری اور چالاکی سے تیمور کی حفاظت کا فرض انجام دے رہے تھے۔ حسین ان تینوں کو درمیان کا کانٹا سمجھ کر نکال پھینکنا چاہتا تھا۔

تیمور کو اپنے مستقبل کی بڑی فکر تھی۔ اس نے مشیت ایزدی جاننے کے لئے قرآن پاک سے فال نکالی۔ وضو کرکے جب اس نے قرآنِ پاک کھولا تو اس کی نظر اِنّا جعلناک خلیفۃ فی الارض (ہم نے تجھے زمین پر خلیفہ مقرر کر دیا) پر پڑی۔ یہ بہترین فال تھی جو اس کے شاندار مستقبل کی بشارت دے رہی تھی۔ اس نے ایلچی بہادر سے کہا۔ "ایلچی بہادر! ایک بات تو بتا۔ اگر اس دنیا میں دو خدا ہوتے تو اس کا کیا حال ہوتا؟"

ایلچی بہادر نے جواب دیا۔ "دنیا کا سارا نظام درہم برہم ہو جاتا۔"

تیمور نے کہا۔ "تو سچ کہتا ہے۔ اسی طرح اس دنیا میں بہت سارے بادشاہوں کی موجودگی کی وجہ سے اس کا سارا نظام درہم برہم ہو کر رہ گیا ہے۔ جس طرح اِس دنیا کا خدا ایک ہے اسی طرح بادشاہ بھی ایک ہی ہونا چاہیئے۔"

ایلچی بہادر نے بے دلی سے جواب دیا۔ "بے شک بے شک! لیکن میں دنیا میں بہت سارے بادشاہوں کی موجودگی کو ضروری سمجھتا ہوں البتہ بڑا بادشاہ یا شہنشاہ ایک ہی ہونا چاہیئے۔"

تیمور نے حقارت سے ایلچی بہادر کی طرف دیکھا، پھر ایک دم مسکرا دیا۔ بولا۔ "چل یہی سہی، میں تیری رائے بھی مان لوں گا۔ تیرے خیال میں وہ شہنشاہ کون ہو سکتا ہے!"

ایلچی بہادر نے جواب دیا۔ "تیمور، صرف تیمور، دوسرا کوئی بھی نہیں۔"

اب تیمور سبزوار واپس جانا چاہتا تھا کیونکہ اُسے اپنا جہانگیر بہت یاد آرہا تھا۔ اس کی چہیتی مرحوم بیوی الجائی کی ننھی نشانی۔ ابھی وہ جانے کا منصوبہ بنا ہی رہا تھا کہ اس نے اپنی ہی طرح لنگڑا کر چلنے والے تاتاری جوت کے کاشی تایان کو اپنی طرف آتے دیکھا۔ کاشی کے اُچک اُچک کر چلنے کا انداز تیمور کو بہت پسند آیا اس نے ایلچی بہادر سے کہا۔ "واللہ یہ دوسرا تیمور کہاں سے آ گیا؟"

ایلچی بہادر نے جواب دیا۔ "میرے آقا! یہ تو کاشی تایان ہے۔ خدا خیر کرے۔ یہ تیرے پاس کیوں آرہا ہے؟"

تیمور نے کہا۔ "یہ گاشی تایان وہی تو نہیں، جو شاہان کی حیثیت سے بہت مشہور ہے اور جو خان قابلتر کے دربار میں ملازم ہو چکا ہے۔ تو نے خود بھی اس کا کئی بار امتحان لیا ہوگا۔ کیا خیال ہے، یہ کیسا آدمی ہے؟"

ایلچی بہادر نے جواب دیا۔ "آدمی تو اچھا ہے لیکن اس سے ڈر بھی لگتا ہے۔"

اب گاشی تایان تیمور کے قریب پہنچ چکا تھا۔ اس نے تیمور کی طرف دیکھتے ہوئے کہا۔ "غالباً تو ہی تیمور ہے؟"

تیمور نے جواب دیا۔ "ہاں میں ہی تیمور ہوں۔ لنگڑے نے لنگڑے کو پہچان لیا، خوب!"

گاشی تایان نے کہا۔ "تیمور! میں تیری مصاحبت میں رہنا چاہتا ہوں۔ کل تک ہم لوگ اپنی زندگیوں سے بہت ناخوش تھے لیکن اب تیری خوشگواریوں نے مجھ میں جینے کا حوصلہ پیدا کر دیا ہے۔"

تیمور نے پوچھا۔ "تو میرے پاس کس حیثیت سے رہنا چاہتا ہے؟"

گاشی تایان نے جواب دیا۔ "رفیق کی طرح، کیونکہ میں تیری دوستی پر ہمیشہ فخر کروں گا۔"

تیمور نے کہا۔ "ناممکن، کیونکہ میں نے الجائی کے بھائی حسین کو اپنا دوست بنایا تھا جو اب قدم قدم پر مجھے دھوکہ دینے کی کوشش کر رہا ہے۔ حسین میرے ساتھ سائے کی طرح رہا لیکن جب بھی تاریکی آئی، حسین نے میرا ساتھ چھوڑ دیا۔"

گاشی تایان نے جواب دیا۔ "تیمور تو اپنے عہد کا بڑا انسان ہے اور میں اتنے بڑے انسان کی دوستی کا دم کس طرح بھر سکتا ہوں؟ رفاقت سے میری مراد ہے مصاحبت۔ میں تیمور کی مصاحبت اپنے لئے فخر و عزت کی بات سمجھوں گا۔"

ایلچی بہادر نے پوچھا۔ "اے تاتاری مجوت کے جوان! تو نے خان قابلتر کا دربار کیوں چھوڑ دیا؟"

گاشی تایان نے جواب دیا۔ "خان قابلتر سے میرا رشتہ منقطع نہیں ہوا، میں اب بھی اسی کا ملازم ہوں۔"

ایلچی بہادر نے کہا۔ "پھر تو یہاں کیا لینے آیا ہے؟"

گاشی نے جواب دیا۔ "میں یہاں لینے کچھ بھی نہیں آیا۔ میرا ہر تن جو کچھ پر اسرار سرگوشیاں سن رہا ہے جس کی وجہ سے میں اپنے مستقبل کو منگولوں میں محفوظ نہیں سمجھتا۔ منگولوں کے خان کی ماں

کی نیر مُنہ کھولے میرا انتظار کر رہی ہے اور میں اسی سے بھاگ رہا ہوں۔"

تیمور کو شبہہ گزرا کہ گاشی کا دماغی توازن درست نہیں ہے۔ اس نے کہا۔" ایلچی بہادر! میرا خیال ہے، اگر اس کا علاج کرایا جائے تو یہ صحت یاب ہو سکتا ہے۔"

گاشی نے رحم طلب نظروں سے تیمور کو دیکھا، بولا۔" افسوس کہ میں نے تو تجھے پہچان لیا لیکن تو مجھے نہیں پہچان سکا۔ میں دیوانہ نہیں ہوں۔ میں ہوش مند ہی نہیں، اس دور کا سب سے زیادہ باخبر انسان ہوں۔ تو اگر پسند کرے تو میری اس بات کا تجزیہ بھی کر سکتا ہے۔"

تیمور، گاشی سے زیادہ بے تکلف ہونا نہیں چاہتا تھا۔ ایلچی بہادر سے بولا۔" تو خوب جانتا ہے کہ میں مصروف ترین آدمی ہوں اور میرے پاس اتنا وقت نہیں ہے کہ فضول اور بے سروپا باتوں میں الجھا رہوں تو اگر پسند کرے تو اسے اپنی مصاحبت میں رکھ لے۔"

گاشی نے اپنے دونوں کانوں پر ہاتھ رکھ کر آنکھیں بند کر لیں اور کچھ دیر ساکت رہ کر کہنا شروع کیا۔" تیمور! ہوشیار! نیلے نیلے چوڑے آسمان تلے سرگوشیوں میں اعلان ہو رہا ہے کہ یہ زلزلہ فولاد کلب ہے کوب ہے کا۔ بنزا، صحرا لہو دی کا ساتھی تیری پشت پر نیزہ تانے کھڑا ہے۔ اب میں اس کی سسکیاں تک سن رہا ہوں، وہ تجھ پر چلنے کی درخواست کر رہا ہے لیکن خبردار جو تو نے اس کی درخواست قبول کی۔ میں اس کی آستین میں چھپے ہوئے خنجر کو اچھی طرح دیکھ رہا ہوں۔"

تیمور اکتا گیا اور ایک طرف جاتا ہوا بولا۔" ایلچی بہادر! میں چلتا ہوں۔ گاشی تایان نے جو کچھ کہا، میں نے سن لیا ہے۔ اب میں اس کے نتیجے کا انتظار کروں گا۔"

تیمور ان دونوں کو چھوڑ کر چلا گیا۔ ایلچی بہادر نے گاشی تایان میں شاید پہلی بار کشش محسوس کی۔ گاشی نے شکایتاً کہا۔" افسوس کہ تیمور مردم شناس نہیں ہے۔ وہ مجھے پہچان ہی نہ سکا، حالانکہ میں نے اسے پہچان لیا اور خوب اچھی طرح پہچان لیا۔"

ایلچی بہادر نے کہا۔" گاشی تایان! تو بھی تیمور کو نہیں سمجھ سکا۔ اگر تجھے یہ دعویٰ ہے کہ تیرا ہر بن مو غیب کی پُراسرار سرگوشیاں سن سکتا ہے اور عالم بالا کی غیر مرئی آوازیں کسی روک ٹوک کے بغیر تیرے ہر بن مو تک پہنچ رہی ہیں تو بتا کہ یہ کارکنانِ قضا میری بابت کیا کہہ رہے ہیں؟ میرے لئے کیا اعلان کر رہے ہیں؟"

گاشی نے دونوں آنکھیں بند کر کے کانوں پر ہاتھ رکھ لئے اور کچھ دیر بعد بولنے لگا۔ "ایلچی بہادر! کیا تو جانتا ہے کہ ایک ملاح کی موت کس طرح واقع ہوتی ہے؟"

ایلچی بہادر نے جواب دیا۔" ہاں جانتا ہوں۔ ملاح عموماً ڈوب کر مرتا ہے۔"

گاشی نے کہا۔" ملاح کی موت تیرا پیچھا کر رہی ہے۔ تو ہوشیار رہ، کیونکہ معلوم نہیں، کہاں

وہ تجھے پکڑ لے، تو کتنا ہی تیز بھاگے، تعاقب کرنے والی شے تجھے پکڑ ہی لے گی۔"

ایلچی بہادر نے پُرجوش لہجے میں کہا۔ "گاشی! میں ایک سپاہی ہوں اور سپاہی کی موت ہمیشہ میدانِ جنگ میں واقع ہوتی ہے۔ میری موت بھی میرے تعاقب میں میدانِ جنگ ہی کا رخ کرے گی۔"

گاشی نے کہا۔ "تو اس وقت تک خاموش رہ، جب تک کہ میں اپنی سچائی کو ثابت اور تیری لاف زنی کو جھوٹ نہ قرار دے دوں۔ میں تیمور کو بھی جھٹلاؤں گا اور مجھے اس کی بھی پرواہ نہیں کہ تیمور مجھے معاف بھی کرے گا یا نہیں۔"

ایلچی بہادر نے کہا۔ "اچھا پھر ایک بات تو میری بھی مان لے۔ تو میرے ساتھ رہ اور جب تک میں تجھے علیحدہ ہو جانے کا حکم نہ دوں، تو میرے آس پاس موجود رہ۔"

گاشی نے جواب دیا۔ "تیرا شکریہ۔ عنقریب یہی باتیں تیمور بھی کہے گا۔ فی الحال میں تیرے ساتھ رہ لوں گا۔"

ایلچی بہادر نے اس کی بہت زیادہ عزت کی اور اس کے رہنے کا خاص انتظام کیا۔ ایک حویلی کا بڑا حصہ گاشی تایان کے حوالے کر دیا گیا۔ اب گاشی تایان کو قدرے سکون ملا اور جب سکون ملا تو وہ لڑکی اسے ایک بار پھر یاد آئی۔ اسے اپنے آپ پر غصہ آیا کہ آخر اب تک اس نے اس کا پتہ کیوں نہ چلا لیا۔

رات کے سناٹے میں تیمور ادھر ادھر بھٹکتا پھر رہا تھا۔ اس نے اپنا چہرہ چادر میں چھپا لیا تھا اور کانوں کو کھلا چھوڑ دیا تھا۔ اس طرح چوری چھپے وہ سمرقند والوں کی چہ میگوئیاں سننا چاہتا تھا۔ وہ یہ جاننا چاہتا تھا کہ سمرقند کے کتنے لوگ ہیں جو حسین کے ہم خیال ہیں۔ رات کے پچھلے پہر وہ بڑی لا پرواہی سے گھوم پھر کر جب واپس ہونے لگا تو اس نے ایک دروازے پر کچھ شور و غل کی آوازیں سنیں۔ تیمور ٹھٹک کر کھڑا ہو گیا پھر ان آوازوں میں گالیاں بھی شامل ہو گئیں اور پھر لڑنے جھگڑنے کی آوازیں بھی سنائی دینے لگیں۔ تیمور احتیاط سے ادھر بڑھا۔ اس نے اس ہجوم میں گاشی تایان کی آواز سنی جو زور زور سے کہہ رہا تھا۔ "لوگو! تم مجھ سے مت جھگڑو! میں تمہارے حکمران خان قابلشر کا رشتہ دار ہوں، تم اس وقت تو مجھے گالیاں بھی دے سکتے ہو اور سب مل جل کر میری پٹائی بھی کر دو گے، لیکن سوچو تو کہ کل جب خان قابلشر تم سب کو باندھ کر دربار میں بلوائے گا اور اس کا جواب طلب کرے گا تو تم لوگ اپنی صفائی میں اس وقت کیا کہو گے؟"

کسی نوجوان نے کہا۔ "ہم نے خان قابلشر کو اپنا حکمران مانا ہی نہیں۔ ہم سب تیمور کے ملازم ہیں۔ اگر خان نے ہمیں بلوایا بھی تو ہم اس کا کوئی حکم مانیں گے ہی نہیں۔"

کسی بزرگ نے کہا۔ "یہ خان کی حکومت کے نشے میں ہماری عزت و آبرو پر ہاتھ ڈالنا چاہتا ہے لیکن ہم اسے وہ مزہ چکھائیں گے کہ یہ پھر کبھی اس قسم کی ہمت تک نہ کر سکے گا۔"

گاشی تایان کی آواز سنائی دی۔ "سمرقند والو! کیا تمہاری عقلیں ماری گئی ہیں؟ میں خان قابلشر کا رشتے دار ہی نہیں، تیمور کا مہمان بھی ہوں۔ کیا تیمور اپنے مہمان کی بے عزتی گوارا کر لے گا؟"

اچانک کسی نے گاشی پر حملہ کر دیا۔ حملہ تلوار سے کیا گیا تھا۔ دفاعی جبلت نے گاشی کو بھی ایک طرف ہٹ جانے کا حکم دیا۔ اس نے اس کی فوراً ہی تعمیل کر دی لیکن تلوار کے پیچھے وار نے گاشی کے شانے کو زخمی کر دیا۔ گاشی کو بھی غصہ آ گیا۔ اس نے بھی تلوار کھینچ لی اور محاصرہ کرنے والوں کو متنبہ کیا۔ "سمرقند والو! یہ کیا زیادتی ہے کہ تم لوگ مجھ تنہا سے اجتماعی جنگ کر رہے ہو، اگر بہادر ہو تو ایک ایک کر کے آؤ۔ اس طرح مجھے بھی اپنی شمشیر زنی کے جوہر دکھانے کا موقع ملے گا۔"

ایک پچیس سالہ نوجوان گاشی کی طرف بڑھا۔ "میں جانتا ہوں تو کیا کرے گا لیکن میں نہیں جانتا کہ تو ہم سے جنگ کر کے جیت بھی سکے گا یا نہیں؟"

گاشی نے جواب دیا۔ "تائی بھوت کے لوگ بہادری میں سمرقند والوں سے تو اچھے ہی ہیں۔"

تیمور نے سوچا کہ اب اگر مداخلت نہ کی گئی تو شاید حالات قابو سے باہر ہو جائیں۔ وہ لوگوں کو دونوں ہاتھوں سے ہٹاتا ہوا گاشی کے پاس پہنچ گیا اور پوچھا۔ "کیا بات ہے گاشی تایان؟ تو یہاں لوگوں کے درمیان گھرا ہوا کیا کر رہا ہے؟" اس کے بعد ہجوم سے پوچھا۔ "اور تم لوگ اپنے مہمان کے ساتھ کیا سلوک کر رہے ہو؟"

لوگوں نے تیمور کو اپنے درمیان دیکھ کر اسے اپنے گھیرے میں لے لیا اور کسی نے جواب دیا۔ "تیمور! یہ منگول اپنے آپ کو فاتح قرار دے کر ہم سے مفتوحوں جیسا سلوک کرنا چاہتا ہے۔ اس نے تاجبیب کو زبردستی اٹھا لے جانے کی کوشش کی لیکن ہم سب نے اسے ناکام کر دیا۔ یہ بڑی متضاد باتیں کر رہا ہے۔ کبھی کہتا ہے کہ میں خان قابلشر کا رشتے دار ہوں اور کبھی یہ باور کراتا ہے کہ میں تیمور کا مہمان ہوں۔ معلوم نہیں یہ کیا اور کون ہے اور ہمیں اس کے ساتھ کیا سلوک کرنا چاہیے؟"

تیمور نے گاشی کے کندھے پر ہاتھ رکھ دیا اور اسے اپنی طرف کھینچتے ہوئے کہا۔ "اس نے جو کچھ کہا، سچ کہا۔ یہ خان قابلشر کا رشتے دار بھی ہے اور میرا مہمان بھی، لیکن خان کی رشتے داری اور میری مہمان نوازی کا یہ مطلب تو نہیں ہے کہ گاشی سمرقند میں من مانی کرتا پھرے۔"

گاشی کے شانے سے خون بہہ رہا تھا جس سے تیمور کی انگلیاں تر ہو گئیں۔ اس نے ہاتھ اٹھا

لیا اور گھبرا کر کہا۔ ”ارے یہ کیا؟ یہ تو زخمی بھی ہے! اس کا علاج بہت ضروری ہے۔“
کسی معزز شخص نے رائے دی۔ ”یہ شخص چونکہ تیمور کا مہمان ہے۔ اس لئے اسے معاف کر دیا جائے۔“

تیمور نے گاشی کو اپنے ساتھ لیا اور ہجوم سے نکل آیا۔ جب تیمور اور گاشی، ایک ساتھ لنگڑا لنگڑا کر چلے تو لوگ بہت محظوظ ہوتے۔ تیمور نے گاشی سے کہا۔ ”خدا کے لئے تو اپنے پاؤں کا علاج کرا لے، کیونکہ میں تجھ میں اپنی جیسی کوئی بات نہیں دیکھنا چاہتا خواہ وہ عیب ہی کیوں نہ ہو۔“

گاشی نے جواب دیا۔ ”تیمور! جسے تو عیب سمجھ رہا ہے وہ عیب نہیں ہے۔ اسی عیب نے تو میری شامانی قوت کو بیدار کر دیا۔ میں نے خواجہ الیاس کے حکم پر اس زخم کا علاج شروع کرا دیا تھا لیکن جیسے جیسے زخم مندمل ہونے لگا، مجھے یہ احساس ہوا کہ مجھ سے میری شامانی قوت بھی رخصت ہو رہی ہے۔ چنانچہ میں نے علاج بند کر دیا۔ اب میں اس نتیجے پر پہنچا ہوں کہ جب تک پاؤں کا یہ زخم موجود ہے، میں شامان ہوں۔ اور جب کسی طرح یہ زخم مندمل ہو جائے گا تو میں شامان نہیں رہوں گا۔“

تیمور ہنس دیا۔ ”او شکی انسان! تو جس تاجیہ نامی لڑکی پر عاشق ہے، اس نے اگر تجھے لنگڑاتے دیکھ لیا ہو گا تو تیرا خوب مذاق اڑا رہی ہو گی۔“

گاشی گھبرا گیا۔ پوچھا۔ ”کیا ایسا بھی ہو سکتا ہے؟“

تیمور نے جواب دیا۔ ”ایسا ہو سکتا نہیں بلکہ ایسا ہی ہوا ہو گا، ورنہ لڑکیاں اپنے عاشقوں کی بڑی عزت کرتی ہیں، تاجیہ کو بھی تیری عزت کرنی چاہئے تھی لیکن اس نے تجھ سے ملنا تک گوارا نہ کیا۔“

تائی جوت کے بھولے بھالے شامان نے سوچا شاید شہروں میں ایسا ہی ہوتا ہے، تہذیب یافتہ سمرقندی لڑکیاں بہادروں کے بجائے بے عیب جسموں کو پسند کرتی ہوں گی۔ اس نے تیمور کی بات کا کوئی جواب تو نہیں دیا لیکن دل میں یہ فیصلہ ضرور کر لیا کہ وہ کسی بھی طرح تاجیہ سے مل کر تیمور کی اس بات کی تصدیق ضرور کرے گا۔

تیمور نے اسے ایلچی بہادر کے سپرد کر دیا اور کہا۔ ”ایلچی بہادر! اگر یہ شامان تیرا مہمان ہے تو اس کی حفاظت کر، کیونکہ آج اگر میں بروقت نہ پہنچ جاتا تو لوگوں نے اسے قتل کر دیا ہوتا۔ یہ کسی تاجیہ نامی لڑکی پر عاشق ہو گیا ہے اور اس کے فراق میں اپنی زندگی داؤ پر لگاتے پھر رہا ہے۔“

ایلچی بہادر نے گاشی سے کہا۔ "گاشی! تو میرا کہنا مان اور خان قابلز کے پاس واپس جا کیونکہ میں تیری حفاظت کا ذمہ نہیں لے سکتا۔"

گاشی نے رحم طلب نظروں سے ان دونوں کو دیکھا اور جواب دیا۔ "خواجہ الیاس نے مجھ سے کہا تھا کہ میں سمرقند میں رہ کر اس کے لئے جاسوسی کروں لیکن میں نے ایسا کرنے سے اس لئے انکار کر دیا تھا کہ میں تیمور یا کسی اور سمرقندی سردار کا نمک کھا کر نمک حرامی نہیں کر سکتا تھا۔ میں ایک بے گھر انسان ہوں ان حالات میں تیمور اگر مجھے اپنے ساتھ رکھ لے تو اس میں تیمور کا کوئی نقصان نہیں اور میں کبھی بھی اس کے لئے کارآمد ثابت ہو سکتا ہوں۔"

ایلچی بہادر نے کہا۔ "تیری وفاداری مشتبہ ہے۔ جب تو یہ کہتا ہے کہ خواجہ الیاس نے تجھ سے جاسوسی کا کام لینا چاہا تھا اور دوسری سانس میں کہتا ہے کہ تو اب بھی خان قابلز کا ملازم ہے تو تو اپنا اعتبار خود ہی ختم کر دیتا ہے۔"

گاشی نے جواب دیا۔ "اچھا اب میں تیمور کی خدمت میں رہنا چاہتا ہوں اور خان قابلز کی ملازمت ترک کرتا ہوں۔ کیا اس طرح میں اپنا اعتبار قائم کر سکوں گا؟"

ایلچی بہادر کچھ کہنا چاہتا تھا کہ تیمور نے ہاتھ کے اشارے سے اسے روک دیا۔ بولا۔ "اگر تو سچے دل سے میرے ساتھ رہنا چاہتا ہے تو شوق سے رہ، مگر اس کے باوجود تجھے مجھ سے یہ عہد کرنا پڑے گا کہ تیرا مرنا جینا، میری دوستی اور وفاداری میں ہو گا۔"

گاشی نے جواب دیا۔ "میں اس عہد کے لئے ہر وقت تیار ہوں۔"

تیمور نے کہا۔ "تیرا تعلق جھیل بیکال کے شمال مشرق میں رہنے والے تائی جوت قبیلے سے ہے؟"

گاشی نے جواب دیا۔ "بے شک، اور مجھے اس پر فخر ہے۔"

تیمور نے کہا۔ "اور شاید تجھے یہ بات بھی معلوم ہو گی کہ خانِ اعظم چنگیز خان ان تائی جوتوں سے بہت جلتا تھا، بڑی نفرت کرتا تھا؟"

گاشی نے جواب دیا۔ "ہاں میں نے بزرگوں سے کچھ سنا تو ہے۔"

تیمور نے کہا۔ "تو نے بزرگوں سے پورا واقعہ نہیں سنا۔ آ، میں تجھے بتاؤں کہ چنگیز خان تائی جوتوں سے کیوں نفرت کرتا تھا۔"

اس کے بعد تیمور، ایلچی بہادر اور گاشی کو اندر لے گیا اور ان دونوں کو اپنے سامنے بٹھا کر کہنے لگا۔ "شاید میں پہلے بھی کبھی بتا چکا ہوں کہ چنگیز خان جب محض تموجن تھا اور اس کے باپ کا انتقال ہو چکا تھا تو تائی جوت کے چند آدمیوں نے تموجن کے آٹھ گھوڑے چوری کر لئے تھے۔" اتنا کہہ کر تیمور

رک گیا اور پھر قدرے توقف کے بعد کہا۔ "میں نہیں جانتا کہ تموجن کے آٹھ گھوڑے تائی جوتوں نے چوری کیے تھے یا زبردستی چھین لے گئے تھے لیکن یہ بات بہت مشہور ہے کہ تموجن نے تنہا ان تائی جوتوں کا تعاقب کیا تھا۔ راستے میں ایک جگہ اُسے تیری طرح اتفاقیہ ایک اور شخص بغورچی مل گیا۔ تموجن اور بغورچی نے تین دن تک تعاقب جاری رکھ کر آٹھوں گھوڑے چھین لیے۔ بعد میں بغورچی زندگی بھر کا ساتھی قرار پایا اور تائی جوت قبیلے کو چور کہہ کر ذلیل کیا گیا۔"

گاشی نے جوش میں کہا۔ "لیکن بعد میں جب تموجن نے اپنا اردو (لشکر) قائم کیا تو میرے قبیلے تائی جوت نے بھی اس میں شمولیت اختیار کی اور ہمیشہ تموجن کا وفادار رہا۔"

تیمور نے جواب دیا۔ "ٹھیک ہے۔ یہ میں کب کہتا ہوں کہ تائی جوتوں نے چنگیز خان سے کبھی غداری بھی کی! میں تو تجھے یہ بتا رہا ہوں کہ چنگیز خان نے تائی جوتوں کو اپنے دل میں کیا سمجھ رکھا تھا جبکہ تائی جوتوں نے ہمیشہ خانِ اعظم کے لئے اپنی گردنیں تک کٹا دیں۔"

گاشی بہت خوش تھا کیونکہ تیمور اُس کے قبیلے کی تعریف کر رہا تھا، اُس نے کہا۔ "جب یہ بات تجھے اچھی طرح معلوم ہے کہ تائی جوت غدار یا دغاباز نہیں ہوتے تو تو مجھ پر اعتبار کیوں نہیں کر رہا ہے؟"

تیمور نے جواب دیا۔ "میں تجھ پر اعتبار کر تو رہا ہوں لیکن اس اعتبار میں تھوڑا سا وسوسہ بھی شامل ہے۔ اگر تو کسی طرح اسے بھی دور کر دے تو میں تجھ پر ویسا ہی اعتبار کر دوں گا جو چنگیز خان اپنے اردو پر کرتا تھا۔"

ایلچی بہادر تیمور کی باتوں میں اس طرح کھویا ہوا تھا، جس طرح عاشق اپنے محبوب کے جلووں میں کھو جاتا ہے۔

گاشی نے کہا۔ "میں اعتبار قائم کرنے کے لئے تیرا وسوسہ ضرور دور کر دوں گا۔"

تیمور نے کہا۔ "تو یہ بات اچھی طرح جانتا ہے کہ چنگیز خان کا اردو اس مذہب اور عقیدے پر تھا، جس پر خود چنگیز خان تھا۔"

گاشی نے جواب دیا۔ "ہاں یہ بات درست ہے۔"

تیمور نے کہا۔ "اس طرح میرا اعتبار حاصل کرنے کیلئے ضروری ہے کہ تو بھی اسی دین میں آجا، جس میں میں خود ہوں۔"

گاشی ہکا بکا تیمور کے جواب میں کھو گیا۔

تیمور نے کہا۔ "میں مسلمان ہوں اور تیرا بظاہر کوئی مذہب نہیں۔ تو نیلے جاودانی آسمان کو سب کچھ سمجھتا ہے جب کہ میں کارخانۂ قدرت میں آسمان کو نیلے غبار سے زیادہ اہمیت نہیں دیتا۔ اگر

تو ہم میں رہنا چاہتا ہے اور ہمارا اعتبار حاصل کرنا چاہتا ہے تو اس کے لئے یہ ضروری ہے کہ تو ہمارے عقائد اور دین بھی اختیار کرلے۔"

گاشی نے کہا۔" مگر ایک بات صاف کرنا بہت ضروری ہے۔ اگر میں اس طرف سے مطمئن ہو گیا تو میں تیرے عجیب و غریب دین کو بھی اختیار کر لوں گا۔"

تیمور نے حیرت سے کہا۔" میں تیری وہ بات تو بعد میں معلوم کروں گا، پہلے یہ بتا کہ تو نے اسلام کو عجیب و غریب کیوں کہا۔"

گاشی نے جواب دیا۔" اسلام کو عجیب و غریب میں ہی نہیں، چنگیز خان بھی کہا کرتا تھا وہ ہمیشہ یہی کہتا تھا کہ مسلمانوں کا خدا عجیب ہے جو مکے کے ایک گھر میں رہتا ہے، جب کہ خدا کو کسی گھر کی ضرورت ہی نہیں۔"

تیمور نے ہنس کر کہا۔" احمق انسان! یہ تو کیا کہہ رہا ہے؟ خدا تو لامکاں ہے۔ اسے کسی مکان کی کیا ضرورت؟ مکے کا خانۂ خدا یوں مشہور ہے کہ اسے ایک بہت بڑے پیغمبر حضرت ابراہیم علیہ السلام نے تعمیر کیا تھا۔ وہ مقام مقدس و مبارک ہے۔ خدا کہاں نہیں؟ ہر جگہ ہے۔ یہاں، وہاں، ہر جگہ۔ وہ دلوں میں بھی ہے اور سانسوں میں بھی۔ کائنات کے ذرے ذرے میں وہ موجود ہے۔"

گاشی نے کہا۔" پھر تو مکے کے گھر کو خانۂ خدا کیوں کہتا ہے؟"

تیمور نے جواب دیا۔" اس لئے کہ ابراہیم علیہ السلام نے ہزاروں سال پہلے اسے خدا کے نام پر خدا کے لئے بنایا تھا۔"

گاشی لاجواب ہو گیا۔ تیمور کچھ دیر تو گاشی کے بولنے کا منتظر رہا لیکن جب وہ نہیں بولا تو تیمور نے پوچھا۔" ہاں! تو اب وہ بات بتا جس کی صفائی تو ضروری سمجھتا ہے۔"

گاشی نے کہا۔ گو کہ مسلمان ہونے میں مجھے تامل ہے لیکن پھر بھی میں یہ جاننا چاہتا ہوں کہ اس کے بعد میں تمام مسلمانوں کا اعتماد حاصل کر لوں گا یا محض تیرا؟"

تیمور نے جواب دیا۔" میرا ہی نہیں، تمام مسلمانوں کا۔ ہر مسلمان تجھ پر اعتبار کرے گا۔"

گاشی نے مزید پوچھا۔" اور کیا تاجیہ بھی؟ اور اس کا پورا خاندان بھی؟"

تیمور نے ہنس کر کہا۔" تو اس کی فکر نہ کر گاشی! تاجیہ کوئی اتنی بڑی چیز نہیں ہے جس کی حصولیابی تیرے لئے ناممکن ہو۔ تو میرے ساتھ وابستہ رہ! تیرے شاندار کارنامے تاجیہ کو تیری طرف مائل کر دیں گے۔"

گاشی نے کہا۔ "اگر یہ بات ہے تو مسلمان ہو جانا کوئی مشکل کام نہیں!"

تیمور نے کہا۔ "تم تو کوشش کر کہ دوسرے تاتی مجوت بھی میرے پرچم تلے جمع ہو جائیں!"

گاشی نے جواب دیا۔ "اگر میں تاتی مجوت کے لوگوں کو تیرے پرچم تلے لے بھی آؤں تو وہ مسلمان ہونا پسند نہیں کریں گے!"

تیمور نے کہا۔ "کوئی بات نہیں۔ میں ان کی وفاداریاں چاہوں گا۔ ان کے دین سے مجھے کوئی سروکار نہیں ہوگا۔"

گاشی نے کہا۔ "میں کوشش کروں گا کہ اپنے قبیلے کے لوگوں کو تیرے پرچم تلے لے آؤں!"

تیمور نے کہا۔ "اچھا اب تو آرام کر اور کل سے اس منصوبے پر عمل درآمد شروع کر دے۔ میں نے یہ فیصلہ کر لیا ہے کہ جو لوگ آج میرا ساتھ دیں گے، کل میں ان کا ساتھ دوں گا!"

گاشی ایلچی بہادر کے ساتھ چل دیا۔ وہ تیمور کی تجویزوں پر غور کرتا رہا اور بالآخر یہی فیصلہ کیا کہ وہ خود تو مسلمان ہو جائے گا لیکن تاتی مجوت والوں کو ان کے آبائی دین ہی میں رہنے دے گا اور کوشش کرے گا انہیں تیمور کے پرچم تلے لاکھڑا کرے گا۔

تیمور چند سو آدمیوں کو ساتھ لے کر جنوب میں قرشی کی طرف چلا گیا۔ اس قلعے پر موسےٰ نامی فوجی سردار قابض تھا اور قلعہ قرشی کی قلعہ داری اسے حسین نے عطا کی تھی۔ تیمور اس قلعے کو اپنے لئے بہت ضروری خیال کرتا تھا اور اسے کسی نہ کسی طرح اپنے قبضے میں لانا چاہتا تھا۔ موسےٰ ایک چالاک اور بہادر فوجی سردار تھا اور یہ تقریباً ناممکن تھا کہ کوئی فاتح اپنے چند سو آدمیوں کی مدد سے اس پر قبضہ کر لے لیکن تیمور یہی چاہتا تھا یعنی اپنے دو سو چالیس آدمیوں کی مدد سے بارہ ہزار کو شکست دینا چاہتا تھا۔

ان دنوں حسین بھی قرشی ہی میں امیر موسےٰ کی ضیافتیں کھا رہا تھا۔ تیمور نے اپنے ارادے سے سبھی کو لاعلم رکھا۔ بظاہر ہر ایک کو یہی معلوم تھا کہ تیمور ہرات یا خراسان جا رہا ہے اس نے دریائے آمو کو عبور کیا اور ایک جگہ اپنے خیمے نصب کرا دیے۔ یہاں اس نے تخلیے میں جاکو برلاس، ایکو تیمور، ایلچی بہادر اور گاشی کو اپنے سامنے بٹھایا اور ان سے سرسری سوال کیا۔ "کیا تم جانتے ہو کہ میں تم سب کو کہاں لئے جا رہا ہوں؟"

ایلچی بہادر نے جواب دیا۔ "شاید خراسان، لیکن یہ تیمور ہی جانتا ہوگا کہ ہم خراسان کیوں جا رہے ہیں، ہمیں تو کچھ پتہ نہیں۔"

تیمور نے جاکو برلاس سے پوچھا۔ "تیرا کیا خیال ہے؟"

جاکو برلاس نے ذہن پر زور دیتے ہوئے جواب دیا۔ "شاید ہرات، کیونکہ جہاں تک میں جانتا ہوں، ہرات کا حاکم، تیمور کا دوست ہے۔"

تیمور، ایکو تیمور کی طرف مڑا۔ "اور تو کیا کہتا ہے؟"

ایکو تیمور نے جواب دیا۔ "میں خود کو تیمور کا تابعدار سمجھتا ہوں اس لئے میں نے کچھ سوچا ہی نہیں کہ میں کہاں جا رہا ہوں۔ تیمور جہاں لے جائے گا گھوڑے کی لگام کھینچ لوں گا۔ نہیں لے جائے گا تو تیمور کے گھوڑے کے پیچھے اپنا گھوڑا ابھی دوڑاتا رہوں گا۔"

تیمور نے ہنس کر کہا۔ "ایکو تیمور! تیرا جواب دونوں کے جوابوں سے بہتر ہے۔" پھر گاشی سے پوچھا۔ "اور تو کیا کہتا ہے، تو تو شامان ہے۔ ذرا بتا تو سہی کہ میں نے کس ارادے سے یہ سفر اختیار کیا ہے؟"

گاشی نے دونوں آنکھیں بند کرلیں اور کانوں پر ہاتھ رکھتے ہوئے کہا۔ "ابھی بتاتا ہوں۔ میں اپنے ہر جی موڑ سے نیلے جاودانی آسمان تلے ان سرگوشیوں کو سنوں گا جو ہر وقت جاری رہتی ہیں مگر میرے سوا کوئی دوسرا شخص انہیں سن نہیں سکتا۔ مجھے یقین ہے کہ میں تیرے سوال کا صحیح صحیح جواب دے سکوں گا۔"

تیمور مسکرایا، بولا۔ "آج تیری شامانی کا امتحان بھی ہو جائے گا۔"

گاشی نا یاں بالکل خاموش ہو گیا۔ ایکو تیمور، ایلچی بہادر اور جاکو برلاس گاشی کی محویت میں محو ہو گئے۔ گاشی کے چہرے پر ایک رنگ آ رہا تھا اور ایک جا رہا تھا۔ کافی دیر بعد اس نے آنکھیں کھول دیں اور دونوں ہاتھوں پر اپنی ٹھوڑی ٹکا کر بیٹھ گیا، بولا۔ "اگر تیمور اپنے اس سفر اور ارادے کو راز نہیں رکھنا چاہتا تو میں اپنے سامنے موجود ہر شخص پر یہ راز عیاں کر دینے پر تیار ہوں۔"

تیمور نے اس کے شانے پر ہاتھ رکھ دیا اور کھڑے ہوتے ہوئے کہا۔ "ادھر آ، میرے ساتھ خیمے سے باہر چل کر باتیں کریں۔" پھر اپنے ساتھیوں سے کہا۔ "تم لوگ یہیں ٹھہرو کیونکہ ابھی تم سب سے مجھے مشورہ بھی کرنا ہے۔"

تیمور گاشی کو لے کر باہر چلا گیا، کہا۔ "ہاں اب بتا تجھے کیا معلوم ہوا؟"

گاشی نے جواب دیا۔ "کارکنانِ فطرت کی سرگوشیاں اعلان کر رہی تھیں کہ تیمور اپنے

کامیاب سفر پر نکل چکا ہے اور اسے ایک بار پھر دریائے آمو کو عبور کرنا ہے کیونکہ قرشی کا قلعہ آمو کے دوسری طرف ہے اور یہی تیمور کی منزلِ مقصود ہے!

تیمور دنگ رہ گیا۔ حیرت زدہ مبہوت، بے ساختہ بولا۔ ”گاشی! سچ بتا تو آدمی ہے یا جن ہے؟“

گاشی نے جواب دیا۔ ”میں انسان ہوں مگر ساتھ ہی شامان بھی!“

تیمور نے کہا۔ ”تو نے وہ سب کچھ جان لیا، جسے میں نے دوسروں سے چھپا رکھا ہے بہتر اب تو اپنی زبان بند رکھے گا!“

تیمور دوبارہ خیمے میں داخل ہوا اور اپنے ساتھیوں سے کہا۔ ”دوستو! میں قرشی فتح کرنے نکلا ہوں۔ تم لوگ مجھے مشورہ دو کہ میں اس میں کس حد تک حق بجانب ہوں!“

تیمور کے سارے ہی ساتھی دم بخود رہ گئے۔ ایلچی بہادر نے حیرت سے پوچھا۔ ”کیا واقعی؟ ہم اپنے دو سو چالیس آدمیوں کے ساتھ قرشی کا مضبوط قلعہ کس طرح فتح کر لیں گے؟“

جاکو برلاس نے کہا۔ ”خاص کر ان حالات میں کہ امیر موسیٰ جیسا تجربہ کار کماندار قلعہ دار ہو، اور حسین اس کے پاس بیٹھا ضیافتیں اڑا رہا ہو۔“

ایکو تیمور نے کہا۔ ”امیر موسیٰ سات ہزار سپاہ رکھتا ہے اور حسین پانچ ہزار کے ساتھ امیر موسیٰ کا مہمان ہوا ہے۔ کیا ہم اپنے دو سو چالیس آدمیوں کے تعاون سے امیر موسیٰ اور حسین کو شکست دے سکتے ہیں؟ شاید نہیں، اس لئے ہمیں اتنا کمزور منصوبہ نہیں بنانا چاہیے!“

تیمور نے غصے میں کہا۔ ”دوستو! مجھے تمہاری بہادری پر ہمیشہ ناز رہا ہے لیکن اس وقت میں تمہاری بزدلی اور کم ہمتی پر شرمندہ ہوں۔ تم امیر موسیٰ اور حسین سے خوفزدہ ہو۔“

ایکو تیمور نے کہا۔ ”میں شرمندہ یا خوفزدہ نہیں ہوں، بلکہ ان عوامل اور امکانات پر نظر رکھ کر بات کر رہا ہوں جن پر ہماری فتح اور شکست کا انحصار ہے۔ مضبوط اور بند قلعہ، امیر موسیٰ اور حسین جیسے مضبوط اور چالاک فوجی سرداروں کی موجودگی، ایک طرف بارہ ہزار جنگجو اور دوسری طرف کھلے میدان میں پڑے ہوئے محض دو سو چالیس جیالے۔ آخر ہم کس طرح جنگ کر سکیں گے!“

تیمور نے جواب دیا۔ ”لیکن میں فتح حاصل کر لوں گا اور اگر تم سب میرا ساتھ چھوڑ دو تب

بھی میں جنگ کر کے فتح حاصل کر لوں گا۔"

جاکو برلاس نے کہا۔" بات محض فتح و شکست کی نہیں ہے۔ میں تو یہ سوچتا ہوں کہ ہم قرشی پر فوج کشی کرتے ہیں تو دوسری طرف ہمارے وہ عزیز و اقارب ہیں جو قرشی سے دور، ماوراء النہر میں رہ بس رہے ہیں۔ کیا حسین انہیں نہیں ستائے گا؟ ضرور ستائے گا اور میں اس وجہ سے اس مہم میں حصہ لینے سے ہچکچا رہا ہوں۔"

تیمور نے جواب دیا۔" کیا میں تم لوگوں کے ساتھ نہیں ہوں؟"

جاکو برلاس نے کہا۔" یہ ہم کب کہتے ہیں!"

تیمور نے پوچھا۔" پھر کیا کیا جائے؟"

ایلچی بہادر نے مشورہ دیا۔" تیمور! اصل بات تو یہ ہے کہ ہم لوگ قدرا غیر محفوظ ہیں قلعے اور فصیل بند شہر پر ہمارے دشمنوں کا قبضہ ہے۔ حسین بظاہر ہمارا دوست اور در پردہ ہمارا سب سے بڑا دشمن ہے۔ سمرقند سے قرشی تک اس کی حکومت ہے اگر ہم قرشی کی مہم میں ناکام رہے تو ہمارے ان عزیزوں اور رشتہ داروں کا کیا حشر ہوگا جو سمرقند میں رہتے ہیں بس یہی خوف ہمیں پریشان رکھتا ہے۔"

ایکو تیمور نے کہا۔" اور پھر ہم دو سو چالیس آدمیوں سے ہزاروں کا مقابلہ کس طرح کر یں گے؟"

جاکو برلاس بولا۔" سر فروشی اور جان بازی ہماری سرشت اور ہمارا پیشہ سہی، لیکن عقل اور تدبیر بھی تو کوئی چیز ہے!"

تیمور کا چہرہ سرخ ہو گیا، غصے میں بولا۔" میں اپنے دو سو چالیس آدمیوں کے ساتھ جو معرکہ سر کرنے نکلا ہوں، اس کی ناکامی کے مضر نتائج سے میں اور میرے عزیز رشتے دار کیا محفوظ رہیں گے؟ میں بھی یہ بات اچھی طرح جانتا ہوں کہ سر فروشی اور جان بازی، عقل اور تدبیر کے بغیر زیادہ کار آمد چیزیں نہیں ہیں لیکن میری باتوں سے یہ کب ثابت ہوتا ہے کہ میں عقل اور تدبیر سے کام نہیں لے رہا ہوں اگر تم لوگ اس مہم میں میرا ساتھ نہیں دے سکتے تو مجھے اس کی پرواہ نہیں۔ تم لوگ اپنی عورتوں میں واپس جاؤ اور جب تک میں اپنی اس مہم میں مشغول رہوں، تم اپنی عورتوں سے دل بہلاتے رہو۔ غلطی اور حماقت سے تم لوگ یہ سمجھ بیٹھے ہو کہ اس مہم میں میدان کارزار سے زیادہ حرم سرا اور زنان خانے کو تمہاری ضرورت ہے۔"

کاشی نے کہا۔" لیکن میں تیمور کے ساتھ رہوں گا کیونکہ میں اپنے سردار کے حکم کی تعمیل کے علاوہ کچھ جانتا ہی نہیں۔"

تیمور نے جواب دیا۔ "تو میرے ساتھ ہی رہ، کیونکہ تیرے جیسے دوسرے بہت سے لوگ میرا ساتھ دے رہے ہیں۔"

تیمور اپنے تینوں سرداروں کو چھوڑ کر باہر نکل گیا۔ اس نے باہر اپنے خیموں کے مقابل کئی نئے قافلے دیکھے جو اپنے خیمے نصب کر رہے تھے۔ یہ تاجروں کے قافلے تھے اور سمرقند جا رہے تھے۔ تیمور ٹہلتا ہوا ان کے پاس پہنچا اور ان سے بڑی بے تکلفی سے باتیں کرنے لگا۔ جب ان لوگوں کو یہ معلوم ہوا کہ ان سے تیمور مخاطب ہے تو وہ بہت خوش ہوئے اور تیمور کی ملاقات کو اپنے لئے باعثِ شرف و افتخار سمجھا۔ تیمور نے باتوں ہی باتوں میں ان سے یہ معلوم کر لیا کہ وہ قرشی ہوتے ہوئے سمرقند جائیں گے۔ تیمور کے رسا ذہن نے فوراً ہی ایک منصوبہ تیار کر لیا اور اس نے ہر کارواں سے کہا۔ "جب تم قرشی جانا تو امیر موسیٰ اور حسین کو میرا سلام کہنا اور میری طرف سے یہ یقین دلانا کہ اگر مجھے والیٔ ہرات کی دعوت پر ہرات نہ جانا ہوتا تو میں ضرور ان دونوں سے ملتا، البتہ واپسی میں ان سے ضرور ملوں گا۔"

تاجروں نے یہ پیغام پہنچانے کا وعدہ کر لیا اور تیمور کی خوشنودی حاصل کرنے کے لئے اس کی خدمت میں بیش قیمت تحائف کا نذرانہ پیش کیا۔

تیمور نے اس واقعے کے دوسرے دن کوچ کا حکم دے دیا۔ خیمے اکھاڑے جانے لگے۔ اس عالم میں تیمور نے گاشی سے پوچھا۔ "کیا حسین تجھے پہچانتا ہے؟"

گاشی نے جواب دیا۔ "خوب اچھی طرح لیکن میں تیرا ہر حکم ماننے کو تیار ہوں۔"

تیمور نے کہا۔ "اگر حسین تجھے پہچانتا ہے تو تو میرے کام کا نہیں رہا۔ حقیقتاً مجھے ایک ایسا آدمی درکار ہے جو زیرک اور چالاک ہونے کے ساتھ ساتھ بہادر بھی ہو اور اسے امیر موسیٰ یا حسین پہچانتے بھی نہ ہوں۔"

گفتگو کے اس موڑ پر دربان نے مطلع کیا کہ جاکو برلاس ملنا چاہتا ہے۔

تیمور جاکو سے ناراض تھا بے دلی سے کہا۔ "اسے اندر بھیج دے۔"

کچھ دیر بعد جاکو برلاس اس حالت میں اندر داخل ہوا کہ اس کے گلے میں قرآن پاک لٹکا ہوا تھا اور ایک ہاتھ میں ننگی تلوار تھی۔ اس نے اندر آتے ہی تیمور کے سامنے اپنا سر جھکا دیا، رقت زدہ آواز میں بولا۔ "تیمور! میں اپنی کل کی باتوں پر شرمندہ ہوں اور میں نے پوری رات آنسو بہانے میں گزاری ہے اب میں یہ سوچ رہا ہوں کہ کل میں نے تجھ سے جو کچھ کہا تھا، کیوں کہا تھا مجھے تیری عقل، تدبیر اور شجاعت پر شبہ نہیں کرنا چاہیے تھا لیکن تیمور میں بھی کیا کروں، میں بھی تو انسان ہوں، جو غلطیوں اور خطاؤں کا پتلا ہے۔ اسے اپنی سوچ اور اپنی گفتگو کے اسلوب پر قدرت نہیں دی گئی ہے۔"

تیمور نے کہا۔ "اس وقت تو میرے پاس کیوں آیا ہے؟"

جاکو برلاس نے جواب دیا۔ "میں نے قرآن پاک پر ہاتھ رکھ کر قسم کھائی ہے کہ میں آئندہ ایسی غلطی نہیں کروں گا۔ اگر میں ایسی غلطی کروں تو خدا مجھے تباہ و برباد کردے اور تیمور کو یہ اختیار ہو گا کہ میری ہی تلوار سے میرا سر قلم کردے۔" اس کے بعد جاکو برلاس نے اپنے گلے سے قرآن اتار کر تیمور کی طرف بڑھا دیا۔ "میں یہی قسم تیمور کے سامنے بھی کھا سکتا ہوں۔" پھر تلوار بھی تیمور کی طرف بڑھا دی۔ "یہ تلوار مجھے سزا دینے کے لئے تیمور اپنے پاس رکھے۔"

تیمور نے تلوار اور قرآن میں سے کوئی چیز بھی نہ لی، بولا۔ "تیرا احساس ندامت اور اعترافِ خطا ہی کافی ہے۔ اگر تونے واقعی قرآن کو شاہد بنا کر عہدِ وفاداری کیا ہے تو اس پر قائم رہنے کی کوشش کر۔ میں اس کو کافی سمجھتا ہوں۔"

بعد میں ایکو تیمور اور ایلچی بہادر نے بھی یہی کیا اور ان دونوں نے بھی اسی طرح قسمیں کھا کر تیمور کو اپنی وفاداری کا یقین دلا دیا۔

تیمور نے اپنے ایک آدمی کے سوا، سب کے ساتھ ہرات کی طرف کوچ کر دیا۔ اس ایک آدمی کو تاجروں کے قافلے میں چھوڑ دیا اور اسے حکم دیا کہ قافلے والے جب قرشی میں داخل ہو جائیں تو وہ حسین اور امیر موسیٰ سے جو باتیں بھی کریں، اس سے تیمور کو مطلع کرے۔ اس کے بعد تیمور اپنے آدمیوں کے ساتھ ہرات کی طرف روانہ ہو گیا۔

تیمور نے ہرات کی راہ سے ذرا ہٹ کر جنوب کے ویرانے میں اپنے خیمے نصب کرا دیئے اور یہاں اپنے اس آدمی کا انتظار کرنے لگا جسے تاجروں کے قافلے کے ساتھ قرشی روانہ کیا تھا۔ اس ویرانے میں تیمور کے شب و روز بڑی بے کیفی میں گزر رہے تھے۔ وہ اپنے منصوبے کو بہت جلد عملی شکل دینا چاہتا تھا۔ ایلچی بہادر، ایکو تیمور، جاکو برلاس اور گاشی میں سے کسی ایک کو بھی یہ معلوم نہ تھا کہ تیمور کا آئندہ منصوبہ کیا ہے؟

اس دوران میں تیمور سیر و شکار میں مشغول رہا اور اس مشغلے میں ایک ماہ گزار دیا۔ ایک ماہ بعد تاجروں کے قافلے کے ساتھ بھیجا ہوا آدمی واپس آ گیا۔ وہ اِدھر اُدھر تیمور کی تلاش میں بھٹکتا پھر رہا تھا۔ اس کا گرد و غبار سے اٹا ہوا لباس یہ بتا رہا تھا کہ وہ کہیں رکے بغیر تیمور کے پاس واپس پہنچا ہے۔ تیمور نے اپنے سارے مشاغل نظر انداز کر دیئے اور اس آدمی کو لے کر خیمے میں چلا گیا۔ اس خیمے میں کسی اور کو داخلے کی اجازت نہیں دی گئی۔

تیمور نے سرگوشی سے پوچھا۔ "ہاں تو تاجروں کے امیر قافلہ نے حسین اور امیر موسیٰ سے

ملاقات کی ؟"

آدمی نے جواب دیا۔"ہاں ملاقات کی اور جس طرح جناب کی خدمت میں نذرانے پیش کیے تھے، ان دونوں کی خدمت میں بھی پیش کر دیے۔"

تیمور نے پوچھا۔"اس تاجر نے ان دونوں کے سامنے میرا ذکر بھی کیا ؟"

آدمی نے جواب دیا۔"ہاں، میر قافلہ نے ان دونوں کو بتا دیا تھا کہ آپ والیٔ ہرات کی دعوت پر ہرات جاتے ہوئے راستے میں ملے تھے۔"

تیمور نے پوچھا۔"پھر ان دونوں کو میر قافلہ کی باتوں پر یقین بھی آیا یا نہیں ؟"

آدمی نے جواب دیا۔"میرا خیال ہے، یقین آ گیا۔ میں نے اپنے کانوں سے حسین کو یہ کہتے ہوئے سنا تھا کہ دیکھا، تیمور دو ڈھائی سو آدمیوں کے ساتھ قرشی پر حملہ آور ہونے کی جرأت نہیں کر سکتا۔"

تیمور نے کچھ دیر خاموشی اختیار کی، پھر بولا۔"امیر موسیٰ نے کیا کہا ؟"

آدمی نے جواب دیا۔"وہ بہت خوش تھا اور اسی خوشی میں اس نے حسین کو شراب نوشی کی دعوت دے دی تھی۔ میرا خیال ہے کہ شراب نوشی کے لئے قرشی کی اس جگہ کو پسند کیا گیا ہے جہاں نقاب پوش پیغمبر ابن مقنع رہا کرتا تھا۔ کہتے ہیں کہ یہ ایک انتہائی خوبصورت کوہستانی سبزہ زار ہے۔"

تیمور نے اس آدمی کو رخصت کر دیا اور اپنے خیمے اکھڑوا کر قافلوں کی گزرگاہ پر واقع چاہِ اسحاق کے پاس اپنے خیمے نصب کرا دیے۔ یہاں پہلے ہی سے چند قافلے ٹھہرے ہوتے تھے اور یہ بھی تاجروں کے قافلے تھے۔ تیمور نے انہیں بھی یہی بتایا کہ وہ والیٔ ہرات کی دعوت پر ہرات جا رہا ہے۔

ایک ہفتے بعد رات کی تاریکی میں تیمور اپنے دو سو چالیس جانبازوں کو لے کر دریائے آمو کے ساحل پر پہنچ گیا۔ وہ بڑی عجلت میں تھا۔ اس نے کشتیوں کا انتظار کئے بغیر اپنے گھوڑے کو آمو کی موجوں کے حوالے کر دیا۔ اس کی اتباع میں چالیس جاں نثار بھی اپنے گھوڑوں سمیت آمو میں اتر گئے اور دریا کے دھارے کا منہ موڑ کر دوسرے کنارے پر جا پہنچے۔ ان چالیس آدمیوں میں کاشی جاکو برلاس، ایکو تیمور اور ایلچی بہادر بھی شامل تھے۔ بقیہ نے کشتیوں سے دریا عبور کیا۔ گھوڑوں کی پشت پر دریا کو پار کرنے والوں نے کشتیوں کے سوار سپاہیوں کا بڑا مذاق اڑایا۔

تیمور نے اپنے آدمیوں کو قرشی سے کئی میل دور ایک گھنے جنگل میں چھپا دیا اور خود قلعے کے کسی کمزور حصے کا جائزہ لینے کے لئے قلعے کی طرف روانہ ہو گیا لیکن کچھ سوچ کر واپس آ گیا اور اپنے آدمیوں کو حکم دیا کہ یہاں جو بھی آئے اسے قید کر لیا جائے۔

تیمور کی چھٹی حس نے یہ نیا حکم جو دیا تھا، وہ اتنا ضروری تھا کہ اگر اس میں ذرا سا بھی تساہل برتا جاتا تو حالات جو رُخ اختیار کرتے اس میں تیمور اور اس کے جاں نثاروں کی بربادی یقینی تھی۔

اس دن صبح سے شام تک کتنی آدمیوں کو گرفتار کیا گیا۔ رات کو تیمور پینتالیس آدمیوں کے ساتھ قلعے کی طرف روانہ ہوگیا۔ جب انہیں قرشی کا قلعہ رات کی تاریکی میں دھندلا دھندلا نظر آنے لگا تو انہوں نے درختوں کے سائے میں اپنے گھوڑوں کو چھوڑ دیا۔ کاشی اور تیمور کا پرانا خادم عبداللہ، دونوں ہی تیمور کے ساتھ اپنے اپنے گھوڑوں سے نیچے آ گئے اور اس مہم میں تیمور کو تنہا چھوڑنا گوارا نہ کیا۔ تیمور نے اپنے بقیہ ساتھیوں کو اپنے گھوڑے کے پاس چھوڑا۔ وہ رات کی تاریکی میں ایک ایسی پایاب جگہ تلاش کر رہا تھا، جسے عبور کر کے وہ قلعے سے متصل خشکی پر پہنچ سکتا۔ قلعے کے چاروں طرف خندق کھدی ہوئی تھی اور اس کو پانی سے بھر دیا گیا تھا۔ تلاش اور جستجو میں وہ ایک ایسی جگہ پہنچنے میں کامیاب ہوگیا، جہاں پانی کم تھا اور اس میں سے گزر کر قلعے کے قریب پہنچا جا سکتا تھا۔ تیمور نے اسے عبور کیا تو اس کی دیکھا دیکھی اس کے ساتھیوں نے بھی اسے عبور کیا اور قلعے سے متصل خشکی پر پہنچ گئے۔ اب یہ تینوں قلعے کی جڑ میں ہوشیاری سے چل پھر کر اس کے کمزور حصّوں کو تلاش کرتے پھر رہے تھے۔ خاصی دیر بعد تیمور ایک در پر پہنچ گیا جو اندر سے بند تھا۔ اس نے متصل دیوار کو خوب اچھی طرح دیکھا۔ یہ کمزور دیوار تھی اور اس کے اس پار آسانی سے پہنچا جا سکتا تھا۔ تیمور نے اپنے ساتھیوں سے سرگوشی میں پوچھا۔ "کیا تم لوگ اس جگہ کو یاد رکھ سکو گے؟"

عبداللہ نے جواب دیا۔ "سردار! میں ضرور یاد رکھوں گا کیونکہ میرا حافظہ ان معاملات میں بہت تیز ہے۔"

کاشی نے کہا۔ "یاد تو میں بھی رکھ سکتا ہوں لیکن میں یہ بات کہہ نہیں سکتا کیونکہ میں ایک ایسا دعویٰ کبھی نہیں کر سکتا، جس میں مجھے بلاوجہ شرمندگی اٹھانا پڑے۔"

تیمور نے کہا۔ "بہرحال میں تو اس جگہ کو ہمیشہ یاد رکھوں گا، کیونکہ یہ جگہ میرے لئے کلید جیسی ہے۔"

یہیں ایک چھوٹا سا دروازہ تھا جو قلعے کی موٹی دیوار میں یوں پیوست تھا گویا دیوار میں چھوٹا سا پیوند لگا ہوا تھا۔ تیمور کچھ دیر کھڑا سوچتا رہا، پھر معلوم نہیں کس خیال سے دروازے پر دستک دی۔ کاشی ڈر گیا کہ اگر اس دستک پر دروازہ کھل گیا تو وہ تینوں قرشی کے بے شمار سپاہیوں کا مقابلہ کس طرح کریں گے؟

لیکن اندر سے کوئی جواب نہ ملا۔ دروازے سے متصل دیوار شکستہ تھی اور اس پر

چڑھ کر قلعے میں داخل ہوا جا سکتا تھا۔ تیمور یہیں سے واپس ہو گیا کیونکہ اس سے بہتر کوئی جگہ نہیں ہو سکتی تھی۔ وہ اپنے گھوڑے تک پہنچا اور یہیں ایک سو بیالیس آدمیوں کو بلوا لیا۔ بقیہ آدمیوں کو قرشی کے ان قیدیوں کی نگرانی پر تعینات رکھا جو سارے دن میں قید کئے گئے تھے۔ تیمور نے پینتالیس آدمیوں کو اپنے ساتھ لیا اور باقی کو ہدایت کی کہ قرنے کی آواز سنتے ہی قلعے میں داخل ہو جائیں۔

تیمور اس شکستہ دیوار سے اپنے آدمیوں سمیت قلعے میں داخل ہو گیا۔ رات کے پچھلے پہر، پہریداروں کو گہری نیند آ گئی معمولی تھی۔ تیمور نے ان سوتے ہوؤں کو قید کر لیا اور صبح سے ذرا پہلے اپنے بقیہ سو آدمی بھی وہیں بلوا لیے۔ قرنا نہیں بجا کیونکہ امیر موسیٰ اور حسین قلعے سے باہر تھے اور ان کے لئے قلعے کا دروازہ بند ہی رکھنا تھا۔

فصیل پر متعین دور کے سپاہیوں نے ذرا گڑبڑ کی اور جنگ و جدل پر آمادہ ہو گئے لیکن وہ بھی اس نفسیاتی خوف میں تھے کہ تیمور کے ساتھ کوئی بڑی جماعت ہے جس کے ساتھ وہ قلعے میں داخل ہو کر فتح یاب ہو چکا ہے۔ تیمور نے انہیں اور گھروں میں سوتے ہوؤں کو زیادہ مغالطے میں ڈالنے کے لئے قرنے بجوا دیے جو ایک قسم کا اعلانِ فتح تھا۔ تیمور، جاکو برلاس، ایکو تیمور، ایلچی بہادر اور گاشی کے ساتھ ایک کھلی جگہ پر بیٹھ گیا۔ قلعے کے اندر کی آبادی سے اپنے گھروں کی چھتوں پر چڑھ کر قرنے بجنے کا مطلب سمجھنے کی کوشش کرنے لگی۔ تیمور کے سپاہی چیخ چیخ کر تیمور کے ایما پر اعلان کر رہے تھے۔

"تیمور، ہمارے آقا نے قرشی کا قلعہ فتح کر لیا ہے۔ اب وہ اعلان کرتے ہیں کہ ہر اس شخص کو معاف کر دیا جائے گا جو مزاحمت نہیں کرے گا اور اپنے ہتھیار ہمارے حوالے کر دے گا۔ انہیں خوش آمدید کہا جائے گا جو اپنی وفاداریاں ہمارے آقا تیمور کے نام پر منتقل کر دیں گے۔ ہمارا آقا تیمور، دوسرے تمام آقاؤں سے زیادہ بہادر، زیادہ صاحبِ تدبیر، زیادہ فہیم و سیاس اور زیادہ شریف و فیاض ہے۔"

امیر موسیٰ اور حسین کے سپاہی اور سردار قلعے میں موجود تھے انہوں نے تلواریں اپنے گلے میں لٹکا لیں اور تیمور کی خدمت میں حاضر ہو کر اپنی وفاداریاں اس کے حق میں پیش کیں۔ تیمور نے انہیں معاف کر دیا اور ان کے گلوں کی تلواریں دوبارہ نیاموں میں ڈال دیں۔ تیمور نے انہی آدمیوں میں سے چند کو اس خدمت پر مامور کر دیا کہ وہ گھوم پھر کر معلوم کریں کہ ابھی کتنے سردار یا سپاہی ایسے ہیں جو

اس اعلان کے خلاف سوچ رہے ہیں۔ دوپہر تک یہ بات بھی معلوم ہو گئی۔ قرشی کے قلعے دار امیر موسیٰ کا لڑکا اپنے محل کا دروازہ اندر سے بند کر کے بیٹھ رہا تھا۔ وہ تیمور کا قبضہ تسلیم نہیں کر رہا تھا اور اپنے باپ امیر موسیٰ اور حسین کی مزاحمت کا انتظار کر رہا تھا۔

تیمور نے اس کے محل کو گھیر لیا اور روزنوں کے ذریعے آتش باری شروع کر دی۔ کچھ دیر بعد امیر موسیٰ کا بیٹا چھت پر چڑھ گیا اور سفید جھنڈا دکھا کر امن کا طالب ہوا۔ تیمور نے اُسے باہر آنے کا حکم دیا، جس کی اس نوجوان نے یوں تعمیل کی کہ اپنے دونوں ہاتھوں کو پشت پر بندھوا کر گلے میں تلوار حمائل کی اور سر جھکائے تیمور کے سامنے آکھڑا ہوا۔

تیمور نے اس کے دونوں ہاتھ کھول دیئے اور اس کی تلوار گلے سے اُتار کر اس کی نیام میں ڈال دی، پھر اپنے سینے سے لگا کر شفقت سے پشت تھپتھپائی اور کہا: "تو امیر موسیٰ کا بہادر فرزند ہے اور تو نے جو کچھ کیا، تجھے وہی کرنا چاہیئے تھا۔ اگر میرا فرزند ان حالات میں ہوتا تو وہ بھی وہی کرتا جو تو نے کیا۔ جا، امن چین سے رہ، کیونکہ میں بہادروں کی قدر کرتا ہوں۔"

امیر موسیٰ کے بیٹے نے کہا: "کچھ بھی ہو، اب میں زندگی بھر تیمور کا خادم اور مداح رہوں گا اور اس معاملے میں اپنے باپ کا حکم بھی نہیں مانوں گا۔ آپ بلاشبہ بہادر، شریف اور فیاض آقا ہیں۔ سب سے زیادہ شریف اور فیاض۔"

اَب تیمور کے پرچم تلے ہزاروں آدمی موجود تھے۔ جاکو برلاس اپنی باتوں پر اَب بھی شرمندہ تھا۔ اُس نے کہا: "اَب میں تیمور کو آقا کہہ کر مخاطب کروں گا کیونکہ مختصر جمعیت سے قرشی کے مضبوط قلعے کی تسخیر ایک ایسا واقعہ ہے جس پر مدتوں حیرت کی جائے گی اور انسان جی بھر کے داد دیتا رہے گا۔"

تیمور نے ایلچی بہادر سے پوچھا: "ایلچی بہادر تو کیا کہتا ہے؟"

ایلچی بہادر نے جواب دیا: "اَب میں خود بھی تجھے آقا ہی کہوں گا۔ تو مجھے ایلچی بہادر کہتا ہے حالانکہ بہادر میں نہیں تو ہے۔ میری بہادری نے اُس وقت میرا ساتھ چھوڑ دیا تھا جب تیری بہادری تجھ میں پوری آب و تاب سے موجود تھی۔"

الجو تیمور مارے شرمندگی کے سر ہی نہ اُٹھا رہا تھا۔

گماشتی نے کہا: "میرا ایک مِتر میرے اس سرگوشی کو سن رہا تھا جس میں تیمور کی فتح مندی کا اعلان کیا جا رہا تھا، اس لیئے میں نہ تو شرمندہ ہوں اور نہ کا نادان۔ اَب

میں خوش ہوں کہ میں نے اپنے آقا کا انتخاب غلط نہیں کیا۔"

تیمور اپنے ساتھیوں کو شرمندہ نہیں دیکھ سکتا تھا۔ اُس نے انہیں تسلی دی، کہا: ساتھیو! غلطیاں مجھ سے بھی ہو سکتی ہیں۔ میرے تخمینے بھی غلط ہو سکتے ہیں۔ اور غلط تخمینے اور غلطیاں ہمیں شرمندگی کی طرف نہیں، احتیاط اور تحمل کی طرف لے جاتی ہیں۔ ہم انہیں اپنے تجربوں کی فہرست میں ڈال کر زیادہ احتیاط اور تحمل سے زیادہ شاندار فیصلے اور زیادہ شاندار کارنامے انجام دے سکتے ہیں۔ دوستو! تم نے جو کچھ سوچا سمجھا تھا، ان وسائل میں کوئی بھی یہی سوچ سکتا تھا۔"

تینوں سردار رو بانسے ہو رہے تھے۔ اس واقعے نے تیمور کی عظمت میں اور زیادہ اضافہ کر دیا اور اس عفو و درگزر نے اُسے دُور دُور تک کسی داستان کے مرکزی کردار کی طرح مشہور کر دیا۔

اب تیمور کے پاس دُور دُور سے لوگ آکر حلفِ وفاداری اٹھا رہے تھے۔ حسین، امیر موسیٰ کے ساتھ سمرقند چلا گیا۔ وہ بہت پریشان تھا۔ اب تیمور ناقابلِ تسخیر ہوتا جا رہا تھا۔ حسین اب اُن خاندانوں کو ستا سکتا تھا۔ جن کے مرد تیمور کے ساتھ قرشی میں تھے۔ اور خاندان سمرقند یا اس کے آس پاس رہ رہے تھے۔ لیکن اُن خاندانوں کے خلاف کوئی قدم اٹھانے یا انہیں ضرر پہنچانے میں بغاوت کا اندیشہ تھا اور اس طرح وہ لوگ بھی اس کا ساتھ چھوڑ سکتے تھے جو ابھی تک اس کی فوج میں موجود تھے اور تیمور کے مقابلے میں ابھی تک اس کا ساتھ دے رہے تھے۔ تیمور کی سیاست حسین پر حاوی آچکی تھی۔ حسین خاموش رہا۔ اور تیمور کے خلاف عناد کو دل میں چھپائے رہا۔ اس دوران سمرقند کے چند خاندان قرشی کی طرف ہجرت کر گئے۔ انہیں اندیشہ تھا کہ وہ کسی وقت بھی حسین کے غضب کا نشانہ بن سکتے ہیں۔ ان میں تاجیہ کا خاندان بھی شامل تھا اور یہ وہ خاندان تھا جو تیمور کی خیر خواہی اور مداحی میں خاص شہرت رکھتا تھا۔

حسین نے سمرقند بھی چھوڑ دیا اور بلخ روانہ ہو گیا۔ اب تیمور کے کام اُس کے رُعب اور دبدبے سے انجام پا رہے تھے۔ وہ کچھ عرصے بعد سمرقند جانے کی تیاری کرنے لگا۔ اب اُس کے پاس ہر روز کہیں نہ کہیں سے لوگ آ جا رہے تھے اور اس کی فوج کی تعداد میں اضافہ ہوتا جا رہا تھا۔ تیمور فیصلہ کر چکا تھا کہ وہ خان قابلشر نامی بُت کو پاش پاش کر دے گا۔ چنانچہ اُس نے خان کے نام ایک مختصر رقعہ روانہ کر دیا۔

"میں تجھے مشورہ دیتا ہوں کہ اس وادی کو خالی کر دے اور المالیق کے کوہستانوں میں واپس چلا جا۔ میں نے یہ قطعی فیصلہ کر لیا ہے کہ اس وادی میں، میں اس طرح رہوں گا جس طرح ایک نیام میں ایک تلوار رہتی ہے۔ میرا خیال ہے اب تو میرا مطلب ضرور سمجھ گیا ہوگا اور اگر اب بھی نہ سمجھا ہو تو کسی عقلمند سے پوچھ لے۔"

یہ عریضہ جو بظاہر ایک قسم کی دھمکی تھا، ایلچی بہادر لے کر روانہ ہو گیا۔ تیمور نے سمرقند جانے کی تیاریاں شروع کر دی۔

گاشی مسلمان ہو کر علم دین حاصل کر رہا تھا۔ اسے جب یہ معلوم ہوا کہ نیلا آسمان بھی جاودانی نہیں ہے تو بڑی حیرت ہوئی۔ اس کے علاوہ چند دوسری باتیں بھی پریشان کن تھیں۔ مثلاً یہ کہ اس دنیا کے علاوہ بھی ایک دنیائے آخرت ہے جہاں اچھے برے اعمال کا محاسبہ ہوگا اور اس کے نتیجے میں کسی کو جہنم ملے گا اور کسی کو جنت۔ انہی تعلیمات سے جب یہ بات اس کے علم میں آئی کہ انسان جب مر کے دفن کیا جاتا ہے تو قبر میں فرشتے سوال و جواب کرتے ہیں اور انہی جوابات پر آدمی کی آخرت کے اچھے برے ہونے کا انحصار ہوتا ہے تو اس علم نے گاشی کو بہت پریشان کر دیا۔ اس کی سمجھ میں یہ بات نہیں آ رہی تھی کہ ایسا کیونکر ممکن ہے اور اسے اپنے بارے میں شبہ تھا کہ شاید مرنے کے بعد صحیح جوابات نہ دے سکے۔ اس نے ان سارے سوالوں کو زبانی یاد کیا اور پھر ان کے جوابات رٹنے لگا۔

گوشی نے اب ایک خاص شہرت حاصل کر لی تھی۔ اس کے پاس آنے جانے والوں کا تانتا لگا رہتا تھا لیکن وہ کوشش کر کے سب کو ٹال دیتا تھا۔

ایک دن نماز جمعہ کے بعد جب وہ مسجد سے نکلا تو ایک نوعمر خاتون نے اس کا راستہ روک لیا۔ گاشی نے اسے پہلی ہی نظر میں پہچان لیا۔ یہ تاجیہ تھی۔ وہی تاجیہ جس کا وہ دیوانہ تھا اور جس کی یاد میں تڑپ تڑپ کر دن گزار رہا تھا۔ گاشی نے دھڑکتے دل سے سوال کیا۔ "تاجیہ یہ تو ہے؟ کیا واقعی؟ کہیں میں خواب تو نہیں دیکھ رہا ہوں؟"

تاجیہ نے جواب دیا: "ہاں یہ میں تاجیہ ہی ہوں، وہی تاجیہ، جس کا ایک دن تو نے لوگوں کے ہجوم میں ہاتھ پکڑ لیا تھا۔"

گاشی نے سرتاپا مسرت سے پوچھا۔ "لیکن تو اب تک کہاں تھی؟ میں تو یہ کبھی سوچ بھی نہ سکتا تھا کہ تو مجھے اتفاقیہ سر راہ مل جائے گی۔ کیا تو نے مجھ سے ملنے میں کسی قسم کی جھجک محسوس کی تھی؟"

تاجیہ نے جواب دیا۔ "یہ تو کس طرح کہہ سکتا ہے؟ میں تو تیرا انتظار کر رہی تھی۔

ہیں چاہتی تھی کہ تُو مجھ سے ملنے کے لئے آجائے، لیکن تُو نہیں آیا تو میں خود چلی آئی تیرے پاس۔"

گاشی نے پوچھا: "اس پر کسی کو اعتراض تو نہیں ہوگا؟"

تاجیہ نے کہا: "کیسا اعتراض؟ کسے ہوگا اعتراض؟"

گاشی نے کہا: "وہ لوگ جو ہم دونوں کو یکجا باتیں کرتے دیکھیں گے تو کیا انہیں کوئی خیال نہ آئے گا؟"

تاجیہ نے ناگواری سے کہا: "مجھے اپنے خیمے میں لے چل۔ میں وہیں باتیں کروں گی چل کر۔"

گاشی نے جواب دیا: "میں تجھے اپنے خیمے میں لے جاؤں گا لیکن ایک شرط پر۔"

تاجیہ نے پوچھا: "کون سی شرط؟"

گاشی نے جواب دیا: "جب تُو شرط سُن لے گی تو میں سوچوں گا کہ کیا کروں؟"

تاجیہ نے بڑے پُرشوق لہجے میں کہا: "میں تیری ان پیش گوئیوں پر حیران ہوں جن سے تیمور تک متذبذب تھا؟"

گاشی نے کہا۔ "کیا تُو جانتی ہے کہ میں نے تجھے کتنا پسند کیا ہے؟"

تاجیہ نے جواب دیا: "میں کیا جانوں" وہ شرما گئی: "اور پھر میں تیرے پاس اس لئے نہیں آئی ہوں کہ تیری زبان سے اظہارِ عشق سنوں۔ میں تو تیرے اس کمال کا چرچا سن کر آئی ہوں، جس سے تیمور تک متاثر ہے۔ سنتی ہوں خدا نے تجھے ایک خاص وصف عطا فرمایا ہے۔ ذرا بتانا تو کہ میرا دولہا کون اور کیسا ہوگا؟"

گاشی نے ہنس کر کہا: "یہ کون سا مشکل کام ہے۔ ابھی لے، ابھی بتاتا ہوں۔"

گاشی اُسے اپنے خیمے میں لے گیا اور اُسے اپنے سامنے بٹھا کر خود آنکھیں بند کر کے بیٹھ گیا۔ دونوں ہاتھوں سے اپنے کان چھپا لئے اور مراقبے میں چلا گیا۔

کافی دیر بعد اُس نے کانوں پر سے ہاتھ ہٹائے اور آہستہ آہستہ کہنے لگا: "میں تو وہی بتاؤں گا جو میں نے اپنے ہرن بر موہ سے سرگوشیاں سُنی ہیں۔ نہ کم نہ زیادہ ٹھیک اتنی ہی، جتنی سُنی ہیں۔"

تاجیہ نے بے چینی سے کہا: "بتاؤ نہ۔ اتنا اشتیاق کیوں پیدا کر رہا ہے؟"

گاشی نے جواب دیا: "مجھے نیلے جاودانی آسمان تلے برپا سرگوشیوں کے ذریعے معلوم ہوا ہے کہ تیری ہی قوم کا کوئی شخص میری مخالفت کرے گا کیونکہ وہ خود بھی تیرا امیدوار ہوگا۔ وہ میرے

خلاف سازشیں کرے گا۔ لیکن عالمِ دُنیا میں، میں نے تیری آوازیں سُنیں، تو مجھے پکار رہی تھی۔ اُس پکار میں درد تھا، سوز تھا۔ شوق تھا۔ اس سے میں نے یہ اندازہ لگایا کہ تیرا التفات مجھ پر رہے گا۔"

تاجیہ نے بے چینی سے کہا: "اس کا انجام کیا ہو گا؟ مجھے اس کا انجام بتا دے۔"

گاشی نے ایک بار پھر آنکھیں بند کرلیں اور کانوں پر دونوں ہاتھ رکھ کر کارکنانِ قضا و قدر کی سرگوشیاں سننے لگا۔ اس کا ہر تن مو آوازیں سُن رہا تھا: "شبیہ مشورہ گاشی! ایسا مشورہ نہ دے جس میں تیرا نفاق شامل ہو، تو نے کسی کے لئے قبر کھودی لیکن یہ بھول گیا کہ خود بھی اس میں گر سکتا ہے۔ تاجیہ تیری ہے مگر صرف اس کی روح، اس کی محبت، اس کی چاہت! تو اپنے مشورے کا شہید ہے۔ تیری فضول گوئی میں تیری موت پنہاں ہے۔"

گاشی جو کچھ سُن رہا تھا۔ تاجیہ کے لئے خود بھی ادا کرتا جا رہا تھا۔

تاجیہ کے لئے یہ باتیں مہمل تھیں اور اُن کا واضح مفہوم مُعنقا تھا۔ اُس نے گاشی سے پوچھا: "تیری باتوں کا واضح مطلب کیا ہے؟"

گاشی نے جواب دیا: "یہ کہ تیرے دل میں میری محبت موجود ہے اور میں اگر کبھی کسی نقصان سے دوچار ہوا تو اس میں میری یادہ گوئی کا بڑا ہاتھ ہو گا۔ میں کسی کو کوئی ایسا مشورہ دوں گا جو منافقانہ ہو گا اور بعد میں مجھے اپنی اس منافقت کی سزا بھگتنا پڑے گی۔"

تاجیہ نے دہشت میں اُٹھتے ہوئے کہا: "اچھا اب میں جاؤں گی۔ کیا یہ ممکن نہیں ہے کہ تو اپنی زبان بند رکھے اور لوگوں کو مشورے دینے سے باز رہے؟"

گاشی نے جواب دیا: "میں کوشش کروں گا۔"

تاجیہ نے سرگوشی میں کہا: "میں یہ اقرار تو نہیں کروں گی کہ میں تجھ سے محبت کرتی ہوں لیکن یہ مشورہ ضرور دوں گی کہ تو تیمور کی صحبت سے دُور رہ! تیمور ایک آتش فشاں ہے جس کا لاوا انہی لوگوں کو جلا کر بھسم کر سکتا ہے جو اس سے سب سے زیادہ قریب ہوں گے۔ تو جس دن بھی تیمور کو کوئی ایسا مشورہ دے گا۔ جو اُس کے حق میں مضر ثابت ہو گا، بس اُسی دن تیرا کام تمام کر دیا جائے گا۔"

گاشی نے جواب دیا: "تیمور احباب کُش نہیں ہے جو اُس کا ساتھ دیتے ہیں، تیمور اُن کا دوست اور مددگار ہے۔ میں اُس پر خواہ مخواہ، بلاوجہ شک نہیں کر سکتا۔"

اِس وقت کسی نے خیمے کے دَر پر دستک دی، ہوشیار گاشی نے دستک کی آواز اور انداز سے پہچان لیا کہ یہ اُس نوجوان معلم کی آواز ہے جو تیمور کی ایسا اور حکم پر گاشی کو دینی

تعلیم دینے آتا ہے۔ اُس نے تاجیہ سے کہا: اگر تُو جانا چاہتی ہے تو چلی جا۔ لیکن اس شرط پر کہ دوبارہ ضرور آئے گی۔"

تاجیہ کچھ کہے سُنے بغیر ہی چلی گئی لیکن جب وہ جارہی تھی تو گاشی کے نوجوان معلّم نے بھی تاجیہ کو حیرت سے دیکھا۔ بعد میں گاشی سے پوچھا: اگر میں غلطی نہیں کر رہا تو یہ لڑکی تاجیہ تھی شاید؟"

گاشی نے جواب دیا: ہاں یہ تاجیہ ہی تھی، مگر تُو اُسے کس طرح جانتا ہے!"

معلّم نے کہا۔"یہی سوال میں تجھ سے کر رہا ہوں کہ تو تاجیہ کو کہاں سے اور کیونکر جانتا ہے؟"

گاشی کے پاس اس سوال کا کوئی معقول جواب نہیں تھا۔ اس نے کہا:"جب سے تاجیہ مجھے جانتی ہے، میں تاجیہ کو جانتا ہوں۔ اور ہم دونوں کی رُوحیں ایک دوسرے کو اُس سے بھی پہلے سے جانتی ہیں۔"

معلّم کسی سوچ میں پڑ گیا پھر بولا: تاجیہ کو یہاں تیرے پاس نہیں آنا چاہیے کیونکہ یہ جس باپ کی بیٹی ہے، وہ سمرقند کا معروف شخص ہے۔ خدا کا اس پر خاص انعام ہے اور مال و دولت میں اس کا کم ہی لوگ مقابلہ کر سکتے ہیں۔ مجھے یاد پڑتا ہے کہ میں نے اس لڑکی کو پڑھایا ہے۔"

گاشی کو ہنسی آگئی، بولا: تو مجھے بھی پڑھا رہا ہے حالانکہ تو خود ابھی نوجوان اور ناتجربہ کار ہے۔ پھر یہ کس طرح ممکن ہے کہ تُو اپنی ہی ہم عصر تاجیہ کو بھی پڑھائے! ہاں یہ البتہ ممکن ہے کہ تُو تاجیہ کا شریکِ درس بھی رہا ہو۔"

معلّم نے جواب دیا: میں خاندانی معلّم ہوں۔ میرا باپ بھی معلّم ہے۔

میرا دادا بھی معلّم تھا، اور یہ مجھے اچھی طرح یاد ہے کہ میں نے تاجیہ کو دینی مسائل کا علم سکھایا ہے۔"

گاشی نے اکھڑپن سے کہا: سکھائے ہوں گے دینی مسائل، پھر میں کیا کروں۔ تُو تو میرے پیچھے ہی پڑ گیا۔"

معلّم بُرا جھکتی تھا، بولا: گاشی! میں استاد سعید کا بیٹا حمید ہوں اور تُو نے یہ سوچا ہے کہ اس بھولی بھالی تاجیہ پر ڈورے ڈال کر محبت کا اسیر بنائے تو یہ ناممکن ہے کیونکہ میں تاجیہ کی زُلفِ گرہ گیر کا اُس وقت سے اسیر ہوں جب یہ مجھ سے دینی مسائل کا درس لیا کرتی تھی۔"

گاشی نے جواب دیا: تاجیہ کس کی ہے؟ یہ وہ خود فیصلہ کرے گی۔ اگر تو

نے اُسے متاثر کیا تو وہ تجھے پسند کرے گی اور اگر میں اثر انداز ہو سکا تو پھر تیری مجال نہیں کہ تو اُس کے بارے میں کچھ سوچ بھی سکے۔“

معلم نے گاشی کی بات ہنسی میں اُڑا دی، بولا: ”ایک جاہل پر پڑھے لکھے کو ضرور ترجیح دی جائے گی۔ تاجنیہ احمق نہیں، ہوشیار لڑکی ہے۔“

گاشی کو بڑا غصہ آیا لیکن وہ معلم سے اُلجھا نہیں۔ اُسے معلوم تھا کہ تیمور معلم کی عزت کرتا ہے۔

تیمور کو خان قابلتر کا جواب مل گیا۔ خان نے بڑی سختی سے کہلا بھیجا تھا کہ تیمور سے کہو، اس وادی میں، میں رہوں گا، صرف میں! بالکل اسی طرح، جس طرح ایک نیام میں ایک تلوار رہتی ہے۔“

تیمور کے لئے یہ جواب بڑا اشتعال انگیز تھا۔ اُس نے اپنے اشتعال کو کسی پر ظاہر نہ ہونے دیا لیکن دل میں انتقام لینے کے منصوبے بناتا رہا۔ وہ ابھی اپنی تیاریوں میں مشغول ہی تھا کہ منگولوں کا ایک چھوٹا سا دستہ اُس کی خدمت میں مؤدبانہ حاضر ہوا اور درخواست کی کہ اُسے بھی فوج میں داخل کر لیا جائے۔ اُس کے بعد جبتی (سرحدی) منگول بھی اُس کی فوج میں شامل ہو گئے۔ یہیں اُسے خواجہ الیاس کی موت کی خبر ملی۔ اب خان قابلتر واقعی حکمران بن چکا تھا۔ اور خواجہ الیاس کی فوج اُس کی تابع ہو گئی تھی۔

اسی دوران صوفی زین الدّین کا خط بھی تیمور کو پہنچا۔ انہوں نے جہانگیر کی خیریت لکھی تھی اور تیمور کو یقین دلایا تھا کہ تیمور کہیں بھی رہے، اُس کے بیٹے اور الجائی کی نشانی کا خاص خیال رکھا جائے گا۔ صوفی زین الدین نے تیمور کو یہ مشورہ بھی دیا تھا کہ وہ پوری قوت سے خان قابلتر کو شکست دے کر اسلام کا بول بالا کرے۔

دوسری طرف منگول دستے کا ایک سپاہی گاشی سے ملا اور خان قابلتر کا ایک خط اُس کے حوالے کیا۔ خان نے لکھا تھا: ”میں نے سُنا ہے تو مسلمان ہو گیا! اگر یہ خبر درست ہے تو یہ تو نے کیا کیا؟ نیلا جاودانی آسمان تجھے ہرگز معاف نہ کرے گا۔ میں نے یہ بھی سُنا ہے کہ تو کسی مسلمان لڑکی سے محبت کرنے لگا ہے۔ یہ بات قرینِ قیاس تو نہیں معلوم ہوتی مگر پھر بھی تو اس لڑکی کو لے کر میرے پاس آجا۔ پھر میں اُس کو باعزت طور پہ پر تیرے حوالے کر دوں گا۔ اگر تو نہ آیا تو میں وہ قدم اُٹھاؤں گا کہ تو پناہ مانگے گا۔ توبہ کرے

گا۔ اس وقت میں تجھے یہ بتلا دوں گا کہ خان پھر خالی ہے۔"

گاشی نے قاصد سے پوچھا۔" تو واپس کب جائے گا؟"

قاصد نے جواب دیا۔" میں جواب لے کر فوراً ہی چلا جاؤں گا۔"

گاشی نے کہا۔" میں تحریری جواب نہیں دوں گا اور میرا زبانی جواب یہ ہے کہ میں خان قابلتز کو نہیں مانتا۔ رہا یہ امر کہ میں مسلمان ہوا یا نہیں، تو خان سے کہہ دینا میں مسلمان ہوں ہو سکتا ہے میں نے یہ اسلام تاجیہ ہی کے لئے اختیار کیا ہو لیکن اس وقت میں ہوں مسلمان ہی۔ میں نہ خود آؤں گا اور نہ تاجیہ آئے گی۔"

قاصد نے کہا۔" تو اس کا مطلب ہوا کہ تو خان کا حکم نہیں مانے گا؟"

گاشی نے جواب دیا۔" خان؟ کس خان کا حکم؟ وہ خان ہے کہاں جس کا مجھے حکم ماننا چاہیئے؟"

قاصد نے آہستہ سے کہا۔" میں نے سنا تھا کہ تو شامان ہے۔ تو کیسا شامان ہے کہ اپنے خان تک کو نہیں پہچانتا؟"

گاشی نے عجلت میں کہا۔" ذرا دم لے، میں بتاتا ہوں کہ میں کیسا شامان ہوں اور یہ بھی بتاتا ہوں کہ خان قابلتز کیسا خان ہے اور خدا نے اسے کتنے دن کی خانی دی ہے؟"

یہ کہہ کر گاشی دونوں کانوں پر ہاتھ رکھ کر اور آنکھیں بند کر کے مراقبے میں چلا گیا، کچھ دیر بعد اپنے ہوش و حواس میں آکر بولا۔" میں نے بڑی کوشش کی کہ خان کے بارے میں کارکنانِ قضا و قدر کی سرگوشیاں سنوں، لیکن میں نے ایسی کوئی آواز نہیں سنی جس میں خان کا نام لیا گیا ہو۔ اس کا مطلب یہ ہوا کہ خان، سرے سے خان ہی نہیں۔"

قاصد ہنسنے لگا، بولا۔" میں صرف یہ جاننا چاہتا ہوں کہ تو میرے ساتھ خان کی خدمت میں چلے گا یا نہیں؟"

گاشی نے جواب دیا۔" تو کیسا بھولا منگول ہے۔ میری بات سمجھتا کیوں نہیں۔ میں نے کہہ تو دیا، نہیں، نہیں، نہیں۔"

قاصد ایک لمحہ رکے بغیر وہاں سے چلا گیا۔

کچھ دیر بعد اسے تاجیہ کا پیغام ملا۔ اس نے گاشی کو قرشی کے اس کوہسار میں بلایا تھا جہاں آکو بخارے کا باغ تھا اور انگور کی بیلوں نے دور تک چھت ڈال رکھی تھی۔ گاشی چپ چاپ اٹھا اور اس جگہ پہنچ گیا۔ یہاں تاجیہ تنہا نہیں آئی تھی، ساتھ میں دس گیارہ سہیلیاں بھی تھیں۔ تاجیہ گاشی کو دیکھ کر بہت خوش ہوئی لیکن گاشی کا لنگڑا لنگڑا کر چلنا اسے بالکل پسند نہ آیا کیونکہ اس کی سہیلیوں نے گاشی کا خوب مذاق اڑایا تھا۔ تاجیہ نے اپنی سہیلیوں کو یہ نہیں بتایا کہ وہ

گاشی کی وجہ سے یہاں آئی ہے اور نہ ہی یہ ظاہر ہونے دیا کہ وہ دونوں ایک دوسرے سے ہم کلام بھی ہو چکے ہیں۔ تاجیہ نے گاشی پر کوئی توجہ ہی نہ دی اور اس سے فاصلہ دور رکھتی رہی۔ وہ سوچ رہی تھی کہ گاشی سے کس طرح باتیں کرے اور اس کا اپنی سہیلیوں سے تعارف کس طرح کراتے؟

آخر ایک لڑکی نے گاشی کو پہچان لیا! بولی۔ "تاجیہ! مجھے تو یہ منگول وہی شامان معلوم ہوتا ہے جو ایچی بہادر کے ساتھ ہماری محفل رقص و سرود میں گھس آیا تھا اور زبردستی تیرا ہاتھ پکڑ لیا تھا۔"

تاجیہ نے بن کر گاشی کی طرف دیکھا اور بڑی خوبصورتی سے گاشی کو اشارہ کر دیا کہ یوں ہی اجنبی بنا رہے کیونکہ وقت اور مصلحت کا تقاضا یہی ہے۔

کسی دوسری سہیلی نے کہا۔ "ہاں، میں نے بھی اس شامان کو پہچان لیا، بلاشبہ یہ وہی ہے جس نے ایک بار تاجیہ کا ہاتھ پکڑ لیا تھا۔"

تاجیہ، گاشی کی طرف جاتی ہوئی غصے میں بولی۔ "اگر یہ وہی ہے تو میں اس سے پوچھوں گی کہ اس نے اس دن میرا ہاتھ کیوں پکڑا تھا اور مزید یہ کہ یہ میرا پیچھا کیوں کئے ہوئے ہے؟"

ایک سہیلی نے ہنس کر کہا۔ "بیشک پوچھ! ہم دور سے تیری لڑائی کا تماشہ دیکھیں گے۔ پاس جانے میں تو اندیشہ ہے کہ تو اسے ڈانٹ ہی نہ سکے اور دل کی دل ہی میں رہ جائے۔"

تاجیہ نے گاشی کے قریب جاکر جوش میں کہا۔ "او منگول جوان! کیا تو وہی ہے جس نے میرا ہاتھ پکڑا تھا؟"

گاشی نے ابھی کوئی جواب بھی نہ دیا تھا کہ تاجیہ نے سرگوشی میں کہا۔ "اجنبی بنا رہ! اسی میں ہماری بھلائی ہے۔"

گاشی نے زور سے جواب دیا۔ "ہاں میں وہی ہوں اور اس دن میں نے جو کچھ بھی کیا تھا وارفتگی اور اضطراری حالت میں کیا تھا۔ اب میں معافی کا طلب گار ہوں۔"

تاجیہ نے بے رخی سے کہا۔ "میں کچھ نہیں جانتی۔ میں تیمور سے ملوں گی اور اس سے انصاف چاہوں گی۔"

گاشی نے آہستہ سے پوچھا۔ "یہ چکر کیا ہے تاجیہ؟ میں تیرا مطلب نہیں سمجھا۔"

تاجیہ نے کہا۔ "میں نے انہیں یہ نہیں بتایا ہے کہ میں تجھے جانتی ہوں، یہاں میں تجھے ڈھونڈنے آئی ہوں۔" پھر اپنی سہیلیوں کی طرف دیکھتے ہوئے کہا۔ "منگول شامان اپنی پچھلی غلطی پر پشیمان ہے اور معافی مانگ رہا ہے چونکہ یہ شامان ہے اس لئے میں اسے معاف کر رہی ہوں اور اس کے تاوان میں اس سے اپنے مستقبل کی بابت چند سوالات کروں گی۔"

کئی سہیلیوں نے تقریباً ایک ساتھ کہا۔ "تیرے بعد ہماری باری ہے۔ ہم بھی پوچھیں گے۔ اس سے اپنے مستقبل کے معاملات۔"

تاجیہ نے سرگوشی میں کہا۔ "میری سہیلیاں بکواس کر رہی ہیں۔ خبردار جو کسی کے مستقبل کا حال بتایا تو میرے سوا کسی لڑکی کے مستقبل کا حال ہرگز نہیں بتائے گا۔"

گاشی نے جواب دیا۔ "یہ میں وعدہ کرتا ہوں کہ تیری اجازت اور مرضی کے بغیر میں کسی لڑکی کے مستقبل کا ہرگز نہ بتاؤں گا۔"

تاجیہ نے کہا۔ "ہاں، ایک بات اور! وہ بات میں کہیں بھول نہ جاؤں، اس لئے ابھی کئے لیتی ہوں۔ یہ تو اپنی ٹانگ کا علاج کیوں نہیں کراتا؟ ابھی جب تو لنگڑاتا ہوا آیا تو میری سہیلیوں نے تیرا بڑا مذاق اڑایا۔ وہ تیرا مذاق اڑا رہی تھیں اور میں شرم سے کٹی جا رہی تھی۔ تیرے پاؤں کا زخم کہیں لا علاج تو نہیں ہے؟"

گاشی نے کمزور آواز میں جواب دیا۔ "سرِ دست تو یہی سمجھ لے کہ میرے پاؤں کا زخم لا علاج ہے اور میں اس کا علاج نہیں کراؤں گا۔"

تاجیہ نے ضدی لہجے میں کہا۔ "پاؤں کا زخم لا علاج نہیں ہے۔ میں اس کا علاج کراؤں گی۔"

گاشی نے کہا۔ "تاجیہ! تو ساری باتیں کر، مگر پاؤں کے علاج کی بات نہ کر۔ میں اس کا علاج کسی مصلحت سے نہیں کرانا چاہتا۔"

تاجیہ نے بدستور ضدی لہجے میں کہا۔ "میں مصلحت وغیرہ نہیں جانتی، پاؤں کا علاج ضرور ہوگا۔ میں اپنی ہم چشموں میں شرمندہ ہونا ہرگز پسند نہ کروں گی۔"

گاشی نے زیادہ الجھنا مناسب نہ سمجھا، پوچھا۔ "تو نے مجھے یہاں کیوں بلایا تھا؟"

تاجیہ نے جواب دیا۔ "نوجوان معلم خواہ مخواہ میرے پیچھے پڑ گیا ہے۔ میں اس کا کیا علاج کروں؟"

گاشی نے بیزاری سے گردن کو جھٹکا دیا، بولا۔ "تو اس احمق کی فکر نہ کر تاجیہ! اس کو میں ذرا سی دیر میں صحیح کر دوں گا۔ مصیبت تو ایک اور ہی کھڑی ہو گئی ہے۔"

تاجیہ نے پوچھا۔ "وہ کون سی؟"

گاشی نے جواب دیا۔ "سمرقند سے خان قابلتر کا ایک فرمان آیا ہے۔ اس نے مجھے فوراً ہی طلب کر لیا ہے اور یہ بھی لکھا ہے کہ میں جس لڑکی سے عشق کرتا ہوں، اسے ساتھ لے آؤں۔ میری سمجھ میں نہیں آتا کہ اب میں کیا کروں؟"

تاجیہ نے سہمے ہوئے لہجے میں پوچھا۔ "کیا خان قابلتر کے فرمان کی اطاعت اور تعمیل تجھ

پر اب بھی لاگو یا فرض ہے ؟"
کاشی نے جواب دیا۔" میں ایسا نہیں سمجھتا اسی لئے میں نے خان کو جواب دے دیا ہے کہ میں تیرے حکم کا پابند یا تابع نہیں ہوں، میں نہیں آؤں گا۔"
لڑکیوں نے آواز دی۔" وقت ختم ہو گیا تاجیہ! آخر ہم بھی تو ہیں۔"
تاجیہ نے چلا کر جواب دیا۔" ذرا ٹھہرو! بس ذرا دیر، میں ابھی فارغ ہوئی جاتی ہوں۔"
لیکن یہاں بھی معلم آن دھمکا۔ وہ اچانک آیا اور کاشی پر برس پڑا۔" منگول نوجوان! میں تجھے آخری بار تنبیہ کرتا ہوں۔ تو اس لڑکی کا پیچھا چھوڑ دے، ورنہ میں....."
کاشی کو غصہ آ گیا۔ اس نے معلم کا گریبان پکڑ لیا اور ایک جھٹکے میں گرا دیا، بولا۔" آخر تو خود کو سمجھتا کیا ہے؟ تو مجھے دھمکی دینے والا ہوتا کون ہے؟"
تاجیہ نے کاشی کو اپنی طرف کھینچا، بولی۔" ہم لوگ اپنے استادوں کی ماں باپ کی طرح عزت کرتے ہیں۔ تو بھی اپنے معلم کی عزت کر، ورنہ لوگ تجھے شرمندہ کریں گے۔"
تاجیہ کی سہیلیاں یہ تماشا دیکھ کر ان تینوں کے پاس پہنچ گئیں اور پوچھا۔" یہ معاملہ کیا ہے؟" پھر معلم حمید کو پہچان کر ادب سے جھک گئیں اور پھر اسے اٹھانے کی کوشش کی، ایک نے پوچھا۔ "اے معلم ابن معلم! یہ معاملہ کیا ہے؟"
معلم حمید، تاجیہ اور اس کی سہیلیوں کے سامنے ذلیل ہو کر شرمندہ ہو رہا تھا۔ کاشی نے اسے چھوڑ دیا۔ وہ کھڑا ہوا اور اپنے کپڑے جھاڑنے لگا، بولا۔" میں نے اس وحشی کو ارکان اسلام سمجھائے، مسائل دین کا علم سکھایا اور اس خبیث نے مجھی کو دے پٹکا ہے یہ جنگلی منگول۔"
کاشی نے اسے پھر ڈانٹا۔" خبردار جو تو نے میرے نسب نامے کو برا کہا۔ میں تیرے دانت توڑ دوں گا۔"
معلم حمید نے بھی چمک کر جواب دیا۔" اگر تو نے میرے دانت توڑے تو اسلامی فقہ کی رو سے میں بھی تیرے دانت تڑوا دوں گا۔"
تاجیہ گھبرا رہی تھی کہ اب اس کا بھانڈا پھوٹ کر رہے گا، اس نے سہیلیوں سے کہا۔" آؤ، ہم سب واپس چلیں اور ان دونوں کو بھی اپنے اپنے گھروں کو چلا جانا چاہیئے۔"
ایک سہیلی نے کہا۔" لیکن میں تو شامان سے اپنے مستقبل کا حال پوچھ کر رہوں گی۔"
دوسری سہیلیاں بھی اس کی ہم خیال ہو گئیں۔ تاجیہ کی پریشانی بڑھتی جا رہی تھی وہ معلم کو ہٹا کر ایک طرف لے گئی اور کہا۔" خدا کے لئے یہاں سے چلا جا، ورنہ کوئی ناخوشگوار واقعہ ہو جائے گا۔"
معلم نے جواب دیا۔" میں کسی ناخوشگوار واقعے سے نہیں ڈرتا۔ یہ ملعون میرا شاگرد تھا۔ اس نے میری شان میں گستاخی کی ہے۔ اس لئے میں اسے معاف نہیں کروں گا۔"

تاجیہ نے اس کی ضد کے آگے ہتھیار ڈال دیے، پوچھا: "اچھا اگر تو نے اسے معاف نہ کیا تو کیا کرے گا؟"

معلّم نے جواب دیا۔ "میں اسے اپنے شاگردوں میں رسوا کروں گا اور اپنے کسی ایسے شاگرد سے اس کی مرمت کرا دوں گا جو صحت اور توانائی میں اسی جیسا ہو گا۔"

اس کی آخری بات گاشی نے بھی سن لی، تیزی سے معلّم کے پاس آیا اور گدّی پکڑ کر دھکا دے دیا۔ معلّم اوندھے منہ زمین پر گر گیا۔ گاشی نے کہا۔ "بھاگ جا معلّم! میں چنگیز خان کے مجموعۂ قوانین یاسا سے اچھی طرح واقف ہوں اس میں یہ کہیں نہیں کہا گیا کہ میں مسلمان معلّموں کی عزت کروں!"

معلّم برا بھلا کہتا ہوا چلا گیا۔ گاشی نے کہا۔ "اگر یہ اب بھی نہ جاتا تو میں اسے قتل کر دیتا۔"

تاجیہ اپنی سہیلیوں کی موجودگی کو بھلا بیٹھی بے اختیار پوچھا۔ "اگر تو معلّم کو قتل کر دیتا تو تو یہاں رہ بھی نہ سکتا اور تجھے یہاں سے فرار ہو جانا پڑتا پھر میرا کیا ہوتا؟ میں کیا کرتی؟"

گاشی نے جواب دیا۔ "جب میں یہاں سے جاتا تو اپنے ساتھ تجھے بھی لے جاتا۔ یہی میرا فیصلہ ہے کہ جہاں میں رہوں گا وہاں تو بھی رہے گی۔"

سہیلیوں نے چونک کر معنی خیز نظروں سے ان دونوں کو دیکھا اور پھر تاجیہ کو سوالیہ نظروں سے دیکھنے لگیں۔

گاشی کو منافقت نہیں آتی تھی اور وہ بہت چڑچڑا ہو رہا تھا جھنجھلا کر بولا۔ "تاجیہ! تو اپنی سہیلیوں سے ایک ایسی بات کیوں چھپا رہی ہے جو آخر کار ظاہر ہو کر رہے گی۔" پھر تاجیہ کی سہیلیوں سے کہا۔ "تاجیہ کی سہیلیو! بات دراصل یہ ہے کہ میں تاجیہ سے محبت کرتا ہوں شاید تاجیہ بھی مجھے چاہتی ہے لیکن اس نے اس کا ابھی تک اظہار نہیں کیا۔"

اس انکشاف پر تاجیہ کی سہیلیاں دنگ رہ گئیں۔ ایک نے بے اختیار سوال کیا۔ "کیا سچ مچ؟ کیوں تاجیہ؟"

تاجیہ نے کوئی جواب نہ دیا اور ناراض ہو کر وہاں سے جانے لگی۔

ایک سہیلی نے تاجیہ سے ازراہِ مذاق پوچھا۔ "تاجیہ! کیا یہ لنگڑا سچ کہہ رہا تھا؟"

تاجیہ نے کہا۔ "میں کیا جانوں کہ وہ سچ کہہ رہا تھا یا جھوٹ؟ لیکن تم لوگ اسے لنگڑا نہ کہو۔"

دوسری سہیلی نے کھلکھلا کر ہنستے ہوئے کہا۔ "تاجیہ کی یہ درخواست کہ گاشی کو لنگڑا نہ کہا جائے، اس کی محبت کی چغلی کھا رہی ہے۔ میں نے تو ان دونوں کی آنکھوں میں محبت کی چمک کچھ دیر پہلے ہی محسوس کر لی تھی۔"

گاشی نے تاجیہ کے پاس جاکر اس کی طرف دیکھے بغیر کہا۔ "تاجیہ! میں جا رہا ہوں۔ تو اگر یہ پسند نہیں کرتی کہ میں اپنی محبت کا برملا اظہار کروں تو کوئی بات نہیں۔"

گاشی ناراض ہو کر چلا گیا اور تاجیہ بھی فکرمند کھوئی کھوئی اپنی سہیلیوں کی طعن آمیز چہلیں برداشت کرتی رہی۔

تیمور، خان تابلز اور حسین پر فیصلہ کن ضرب لگانے کی تیاریاں مکمل کر چکا تھا۔ اس کی خوش قسمتی سے حسین کے اپنے آدمی بھی تیمور کے آس پاس جمع ہوتے جا رہے تھے کیونکہ انہیں حسین کے ساتھ رہنے میں اپنا مستقبل تاریک نظر آتا تھا۔

امیر موسیٰ، جس کا تعلق جلائر قبیلے سے تھا اور جس نے اب تک حسین کا ساتھ دیا تھا۔ اب دوسرے انداز میں سوچ رہا تھا۔ موسیٰ نہ صرف حسین کا رشتے دار بلکہ الجائی کا ہم قبیلہ ہونے کی وجہ سے تیمور کا بھی رشتے دار تھا۔ موسیٰ کی زمانہ بیں اور مردم شناس نظروں نے حسین اور اور تیمور کے مستقبل کو اچھی طرح دیکھ لیا تھا۔ روشنی اور قوت تیمور کے ساتھ تھی جبکہ تاریکی اور مایوسی حسین کے ساتھ! آخر اس نے بھی تیمور کا ساتھ دینے کا فیصلہ کر لیا۔ تیمور نے اس کی عدم موجودگی میں قرشی کے قلعے میں اس کے بیٹے کی جان بخشی اور عزت افزائی کی تھی۔ اس واقعے نے بھی موسیٰ پر خوشگوار اثر ڈالا تھا۔ اس نے یہ قطعی فیصلہ کر لیا کہ وہ تیمور کا ساتھ دے گا اور موسیٰ کا تیمور کے قریب آنے کا یہ مطلب تھا کہ سارے جلائر تیمور کے پرچم تلے جمع ہو جائیں۔ ان جلائروں کی تعداد اتنی زیادہ تھی کہ صرف انہی کے جوانوں سے ایک بہت بڑی فوج تیار کی جا سکتی تھی۔

چنانچہ امیر موسیٰ نے چند نوجوانوں کا ایک دستہ ساتھ لیا۔ اور تیمور کی خدمت میں حاضر ہو گیا۔ تیمور نے اسے خوش آمدید کہا اور پوچھا: "امیر موسیٰ میرے پاس کیوں آیا ہے؟ کسی کا قاصد بن کر یا مہمان کی حیثیت سے؟"

امیر موسیٰ نے جواب دیا: "میں نہ تو کسی کا قاصد ہوں اور نہ ہی تیرا مہمان! میں تجھ سے دوستی کا ہاتھ ملانے آیا ہوں کیونکہ تو بلاشبہ سرداری کا مستحق ہے۔ میں خواہ مخواہ حسین کے پیچھے بھٹکتا پھر رہا تھا!"

تیمور نے کہا: "تو نے یہ فیصلہ دیر میں کیا لیکن صحیح کیا۔ میں تو چاہتا بھی یہی ہوں کہ جلائر، برلاس اور یلدوز آپس میں لڑنا جھگڑنا بند کر کے ایک ہو جائیں کیونکہ خاقان اعظم چنگیز خان نے بھی جب جھیل بیکال کے چاروں طرف بسنے والے قبائل کو متحد کر لیا تھا تب کہیں دنیا کو فتح کر سکا تھا۔ ہم تاتاریوں کو بھی یہی کچھ کرنا ہو گا۔"

اِن باتوں میں نوجوان معلّم حمید کی گریہ وزاری نے خلل ڈال دیا۔ وہ رو رو کر تیمور کو بتا رہا تھا کہ منگول شامان نے جو اُس کا شاگرد بھی ہے، اُسے بُری طرح مارا پیٹا اور دھکے دے کر بھگا دیا۔

تیمور نے معلّم کو حکم دیا کہ دوسرے خیمے میں بیٹھے۔ تھوڑی دیر بعد وہ اُسے بلوا کر اس کی روداد سُنے گا۔ معلّم دوسرے خیمے میں چلا گیا اور تیمور امیر موسیٰ سے باتیں کرنے لگا۔ اس نے موسیٰ اور اس کے آدمیوں کو شام کے کھانے کی دعوت دیدی۔

ادھر سے فرصت پاتے ہی اُس نے معلّم کو طلب کر لیا اور اس کو حکم دیا کہ جو کچھ ہُوا ہے، اُس کو تفصیل سے گوش گزار کیا جائے۔

معلّم نے ساری داستان سچ سچ سنا دی۔ تیمور کو ہنسی آ گئی بولا۔

"میں گاشی سے اس کی اس زیادتی کا جواب طلب کر دوں گا کہ اُس نے اپنے معلّم کے ساتھ زیادتی کیوں کی جب کہ معلّم کا مرتبہ باپ جتنا ہوتا ہے؟"

معلّم نے کہا: "اور میں یہ بات بھی برداشت نہیں کر سکتا کہ ایک وحشی نومسلم منگول تاجیہ سے محبت کرے۔ اس صورت میں تو یہ بات اور زیادہ ناقابلِ برداشت ہے کہ میں خود بھی تاجیہ سے محبت کرتا ہوں۔"

تیمور نے پوچھا: "کیا تو بھی تاجیہ سے محبت کرتا ہے؟"

معلّم نے جواب دیا: "ہاں میں اُسے دل و جان سے چاہتا ہوں۔"

تیمور نے کہا: "مجھے تیرے بیان میں دو باتیں ناقابلِ اعتراض معلوم ہوتی ہیں۔ ایک تو یہ کہ تو نیا معلّم نکلا۔ حالانکہ تجھے سپاہی پہلے ہونا چاہیئے اور معلّم بعد میں۔ یہ بات تیرے لئے شرمناک ہے کہ گاشی نے تجھے پچھاڑ دیا۔ میں پچھڑنے والوں کو بالکل پسند نہیں کرتا۔ تجھے گاشی کو پچھاڑ دینا چاہیئے تھا لیکن تو ہار گیا، اسلئے تیرا مقدمہ خارج۔ رہی دوسری بات کہ تو بھی تاجیہ سے محبت کرتا ہے، حالانکہ تو تاجیہ کا بھی معلّم رہ چکا ہے۔ تاجیہ تیری شاگرد تھی اور تو اُسکا استاد گویا تو تاجیہ کا بمنزلہ باپ تھا۔ تجھے تاجیہ سے عشق نہیں کرنا چاہیئے تھا۔ اگر تو نے اُس سے عشق کیا تو گناہ کیا اور میں اِس گناہ میں تیرا اتنا ہی ساتھ دے سکتا ہوں کہ تو اب بھی اس عشق سے باز آجا۔ میں تجھے معاف کر دوں گا۔"

معلّم اپنا سا منہ لے کر واپس چلا گیا۔ اُسے تیمور کے فیصلے سے انکار تھا۔ وہ تاجیہ کی محبت سے باز نہیں آسکتا تھا۔ اُس نے فوراً ہی یہ فیصلہ کر لیا کہ اگر گاشی کے مقابلے میں وہ کمزور ہے تو کیا ہوا، خدا نے اس وحشی منگول کے مقابلے میں عقل اور چالاکی تو

اُس سے زیادہ دی ہے۔ وہ عقل اور چالاکی سے تو اس وحشی کم عقل کو شکست دے سکتا ہے۔ وہ اپنی اس حماقت پر خاصا پشیمان ہوا کہ وہ تاجیہ اور گاشی کے معاملے میں تیمور سے دادخواہ ہوا تھا۔

گاشی کا غم و غصہ ذرا کم ہوا تو اُس نے تاجیہ کے معاملے میں ٹھنڈے دل سے غور کیا۔ تاجیہ اپنی داستانِ معاشقہ کو چھپائے رکھنا چاہتی تھی جبکہ گاشی کی سادہ لوحی اس رازداری کو فضول سمجھتی تھی۔ تاجیہ کی خواہش ہی نہیں بلکہ اصرار تھا کہ گاشی اپنے پاؤں کا علاج کرلے جبکہ گاشی کو یقین تھا کہ اُس کی شامانی قوت اس زخم کی مرہونِ منت ہے اور اگر پاؤں کا زخم ٹھیک ہوگیا تو وہ شامان بھی نہیں رہے گا۔ اس نے سوچا، تاجیہ سے بڑی کوئی چیز نہیں، نہ شامانیت نہ کچھ اور! تاجیہ کی مستقل جدائی کا کانٹا اگر کسی طرح دل میں ٹوٹ گیا تو پوری زندگی بے مقصد اور بے کار ہوجائے گی۔ اس نے سوچا، اگر تاجیہ کو گاشی کا لنگڑا کر چلنا پسند نہیں تو وہ پاؤں کا علاج ضرور کرائے گا۔ اسی طرح یہ بھی سوچا کہ اگر تاجیہ یہ نہیں چاہتی کہ معاملاتِ عشق افشا ہوں تو وہ بھی اپنی زبان بند رکھے گا۔

دوسری طرف تاجیہ کو اس کی سہیلیوں نے تنگ کر رکھا تھا۔ وہ اُسے برابر چھیڑے جارہی تھیں اور لنگڑے شامان کا بار بار ذکر کر کے اُسے عاجز کر دیا تھا۔ آخر وہ پریشان ہوکر گاشی کے پاس پہنچی اور غصے میں کہا: گاشی! میں اپنی سہیلیوں سے عاجز آگئی ہوں۔ تجھے اُن سب کے سامنے اپنی محبت کا برملا اظہار کر کے میری پشیمانی کا سامان نہیں کرنا چاہیے تھا اور پھر تو اپنے پاؤں کا علاج بھی نہیں کراتا۔ آخر تو چاہتا کیا ہے؟ مجھے سب سے الگ رسوا کر رکھا ہے۔"

گاشی نے جواب دیا: "میں شرمندہ ہوں کہ تیری مرضی کے خلاف میں نے عشق کا چرچا کیا۔ میں اس پر بھی نادم ہوں کہ میں لنگڑا لنگڑا کر چلتا ہوں مگر اپنے پاؤں کا علاج نہیں کراتا۔ اب میں نے فیصلہ کرلیا ہے کہ میں خاموش رہوں گا اور اپنی محبت کا اظہار نہیں کروں گا۔ میں کسی اچھے طبیب کی فکر میں ہوں تاکہ اپنے پاؤں کا علاج کرا سکوں۔"

تاجیہ خوشی سے بے قرار ہوگئی، بولی: "کیا سچ؟ کہیں تو مجھے تسلی تو نہیں دے رہا؟"

گاشی نے جواب دیا: "تاجیہ! میں ایک صاف گو انسان ہوں۔ میں متمدن دنیا کے حیل فریب نہیں جانتا، جو کچھ میرے دل میں ہوگا، وہی زبان سے نکلے گا۔ پھر نسا ڈک

کر کہا: "زندگی میں پہلی بار میں اس پر مجبور ہوا ہوں کہ میں تجھ سے محبت کرنے کے باوجود یوں رہوں گا گویا میں تجھے جانتا بھی نہیں، یہ سب کچھ میں تیری خواہش پر کر دوں گا کیونکہ تو شہریوں اور مہذب انسانوں کے طور طریق کی پابند ہے اور چاہتی ہے کہ یہی پابندی میں بھی اختیار کر دوں۔"

تاجیہ نے خوشی سے کہا: "پھر بھی جو کچھ ہو چکا۔ اس پر میں شرمندہ ہوتی رہوں گی اور یہ معلم مجھے کبھی بھی معاف نہ کرے گا۔"

گاشی نے بڑے جوش سے کہا۔ "تو معلم کی ذرا بھی فکر نہ کر تاجیہ! میں اس کو کسی ہتھیار سے نہیں، اپنی انگلیوں سے ہلاک کر سکتا ہوں۔ بس جس دن میری انگلیاں اس کے گلے پر چپک گئیں، میں اس کا گلا گھونٹ کر مار دوں گا۔"

تاجیہ نے کہا: "نہیں تو ایسا نہیں کرے گا۔ میں پہلے ہی بتا چکی ہوں کہ استاد بمنزلہ باپ ہوتا ہے۔"

گاشی نے کہا: "اس نے تجھے بھی تو درس دیا ہے؟"

تاجیہ نے ہنس کر کہا۔ "میں سمجھ گئی کہ تو کیا کہنا چاہتا ہے! مجھے خوب معلوم ہے کہ اب تو کیا کہے گا!"

گاشی نے تاجیہ کا ہاتھ پکڑ لیا اور شوخی سے مسکرا کر پوچھا: "اچھا بتا تو سہی کہ میں کیا کہوں گا؟"

تاجیہ نے ہاتھ چھڑانے کی کوشش کی، بولی: "تو کہے گا کہ اس رشتے سے معلم میرا بھی تو باپ ہے۔ پھر ایک باپ اپنی بیٹی سے کس طرح عشق کر سکتا ہے۔"

گاشی نے ہنس کر کہا: "غلط! میں یہ نہیں کہوں گا۔ میں تو یہ کہتا کہ معلم اگر باپ ہے تو اسے اپنے بیٹے کی محبوبہ سے عشق نہیں کرنا چاہیے۔"

تاجیہ خوش ہو کر بولی: "تو بڑا چالاک ہو گیا ہے!"

گاشی نے جواب دیا: "یہ بھی تو تیری سنگت کا اثر ہے۔"

تاجیہ نے کہا: "اچھا اب سچ سچ یہ بتا کیا تو نے واقعی یہ فیصلہ کر لیا ہے کہ اپنے پاؤں کا علاج کرائے گا؟"

گاشی نے اس کی زلفوں کی ایک لٹ کا بوسہ لے لیا، بولا: "میں جھوٹ نہیں بولتا۔"

تاجیہ نے فکرمندی سے پوچھا: "مگر یہ تو بتا کہ ان تمام باتوں کا بالآخر نتیجہ کیا نکلے گا؟"

گاشی نے سیدھے سادے لہجے میں جواب دیا۔ "میں تجھے اپنی دلہن بنانا چاہتا ہوں دلہن بنا کر مزے دار زندگی گزاروں گا۔ بس یہی ہو گا اس کا انجام۔"

تاجیہ نے پوچھا "اگر میرے گھر والے اس پر آمادہ نہ ہوئے تو کیا ہوگا؟"

گاشی نے جواب دیا "تو میں اُن سب کے سر توڑ دوں گا جو ہم دونوں کی شادی پر آمادہ نہ ہوں گے!"

تاجیہ نے پوچھا "اگر ان مخالفین میں میرے ماں باپ اور بھائی بہن بھی شامل ہوئے تو؟"

گاشی نے جواب دیا "تب پھر میں تجھ سے مشورہ کروں گا کہ میں اُن کے ساتھ کیا سلوک کروں اور پھر تیرے مشورے کے مطابق میں اُن سب سے نبٹوں گا"

تاجیہ نے شوخی سے پوچھا "کیا تو جانتا ہے کہ ان حالات میں، میں تجھے کیا مشورہ دوں گی؟"

اس نے جواب دیا "نہیں، میں نہیں جانتا۔ ذرا بتا تو سہی کہ تو ان حالات میں مجھے کیا مشورہ دے گی؟"

تاجیہ نے کہا "میں تجھے مشورہ دوں گی کہ ہم دونوں کے ایک ہونے میں چونکہ میرے خونی رشتوں میں سے کوئی ایک یا چند مخالفت کر رہے ہیں، اس لئے اس کھیل کو یہیں ختم کر دیا جائے!"

گاشی نے اس کے ہاتھ کو بڑے زور کا جھٹکا دیا، بولا "او چالاک لڑکی! تو، تو ظالم بھی معلوم ہوتی ہے۔ اب میرا فیصلہ بھی سن لے۔ میں بھی تیرا کوئی ایسا ویسا فیصلہ ہرگز نہ مانوں گا!"

گاشی کے زوردار جھٹکے نے تاجیہ کو لڑکھڑا دیا۔ وہ گرتے گرتے بچی، بولی "آخر ہے نا تو وحشی!"

وہ دونوں بڑی دیر تک یوں ہی کھوئے رہے۔ اس کے بعد اُن دونوں نے یہ فیصلہ کیا کہ قرشی چھوڑنے سے پہلے اُس جگہ کو دیکھ لیں جہاں مشہور نقاب پوش پیغمبر ابنِ مقنع کے پیرو رہا کرتے تھے اور یہیں کہیں سے ابنِ مقنع کا مصنوعی چاند طلوع ہوا کرتا تھا۔ وہ دونوں، لوگوں کی نظروں سے بچتے بچاتے ان پہاڑی سلسلوں میں داخل ہو گئے جن کی سرسبزی اور دلکشی کا دور دور جواب نہ تھا۔ یہاں چشمے گنگناتے تھے اور خوش رنگ و خوش آواز پرندوں کے چہچہوں سے پوری وادی گونج رہی تھی۔ یہاں جگہ جگہ مقامی لوگوں کی آمد و رفت سے ویرانی کا کوئی احساس نہ ہوتا تھا۔ یہیں ان دونوں کا اُن منگولوں سے سامنا ہو گیا جو خان کے پاس سے بھاگ کر تیمور کی پناہ میں آ گئے تھے۔ گاشی اُن سے بھی بچنا چاہتا تھا۔ لیکن اُن منگولوں نے اُن دونوں کو دیکھ لیا تھا۔ وہ مسکراتے

ہوئے اُن سے آگے نکل گئے۔

گاشی نے تاجیہ سے کہا: تو نے اِن منگولوں کو دیکھا؟ یہ اپنے خان سے بغاوت کرکے تیمور کے پاس آگئے ہیں۔

تاجیہ نے جواب دیا: ویسے تو میں کسی سے بھی نہیں ڈرتی۔ لیکن پھر بھی سوچتی ہوں کہ مجھے تیرے ساتھ یوں نہیں پھرنا چاہیے۔ معلوم نہیں لوگ اس کا کیا اثر لیں! کیا مطلب اخذ کرلیں۔

گاشی نے کہا: تاجیہ! میں خود کو ان فضول باتوں میں نہیں پھنسانا چاہتا ورنہ میں ڈنکے کی چوٹ پر تیرے ساتھ گھومتا پھرتا رہتا اور پھر دیکھتا کہ کوئی کیا کہتا ہے؟"

تاجیہ نے بُرا سا منہ بنا کر جواب دیا: کوئی کہتا کیا؟ میں خود کسی سے نہیں ڈرتی۔"

یہ دونوں جب گھوم پھر رہے تھے۔ اس کے مشرق میں ایک بڑی سنسنی سے پیچھے روشن ہو رہی تھی جو سمرقند جاتی تھی۔

کچھ دیر بعد چند منگول اور نظر آئے۔ اُن کے چلنے کا انداز بتاتا تھا کہ وہ کسی کی تلاش میں گھوم پھر رہے ہیں۔ آخر ایک منگول اِن دونوں کے پاس آیا اور پوچھا: کیا گاشی تایان تو ہی ہے؟"

گاشی نے جواب دیا: ہاں میں ہی گاشی تایان ہوں۔ مجھ سے کوئی کام؟"

منگول نے تاجیہ کی طرف اشارہ کرکے پوچھا: یہ لڑکی کون ہے؟ کیا تیری بیوی ہے؟"

گاشی نے جواب دیا: ابھی تو یہ میری بیوی نہیں ہے، مستقبل کا حال خدا جانے۔"

منگول نے کہا: "گاشی تایان! ذرا میرے ساتھ تو آ۔ ہمیں تیمور نے بھیجا ہے۔"

گاشی نے تاجیہ کی طرف دیکھا اور کہا: تاجیہ! تو یہیں رُکی رہ! میں ابھی اس سے بات کرکے آیا جاتا ہوں۔

تاجیہ نے شرما کر جواب دیا: میں یہیں ہوں، تو بات کرلے۔"

منگول گاشی کو ایک چٹان کے پیچھے لے گیا اور اُسے اپنے سامنے بٹھا کر بولا۔

"گاشی تایان! تو معلِم سے کیوں لڑا تھا؟"

گاشی نے جواب دیا: "اس نے میرے ساتھ زیادتی کی تھی، اس لیئے میں جواب دینے پر مجبور ہو گیا تھا۔"

منگول نے کہا: "لیکن وہ معلم تیمور کے پاس شکایت لے کر پہنچ گیا تھا جس پر تیمور نے ہمیں یہ حکم دیا کہ تم دونوں کو، جہاں کہیں بھی ہو، واپس تیمور کی خدمت میں پہنچ جانا چاہیئے۔"

گاشی نے جواب دیا: "میں تم لوگوں کے ساتھ واپس چلنے کو تیار ہوں لیکن تاجیہ کو اس کے گھر بھیج دیا جائے۔ اگر تاجیہ میرے ساتھ تیمور کے دربار میں گئی تو اس کی بڑی رسوائی ہوگی اور میں اُسے رسوا نہیں ہونے دوں گا۔"

منگول نے ایک قہقہہ لگایا، بولا: "اور میری کوشش یہ ہے کہ تاجیہ کے ساتھ ہی تجھے بھی تیمور کے پاس لے جایا جائے۔ میں تم دونوں کو ایک ایسی جگہ لیئے چلتا ہوں کہ تم دونوں خوش ہو جاؤ گے۔"

اُسی لمحے اُس نے تاجیہ کی آواز سُنی۔ وہ بھنچی بھنچی آواز میں گاشی کو مدد کے لیئے پکار رہی تھی۔ وہ کہہ رہی تھی: "گاشی! دھوکا، گاشی! فریب، جلدی آؤ! بہت جلدی!"

گاشی فوری طور پر کچھ بھی نہ سمجھ سکا کہ یہ کیا ہو رہا ہے۔ اسی لمحے دو منگولوں نے گاشی پر کمبل ڈال دیا اور اُسے اپنی آغوش میں سمیٹ کر بے بس کر دیا۔ اب وہ بول بھی نہ سکتا تھا۔ ان لوگوں نے اُسے کسی جانور کی طرح باندھ کر ایک گھوڑے پر ڈال دیا۔ دوسری طرف تاجیہ کے ساتھ بھی یہی کیا گیا۔ اُسے بھی کمبل ڈال کر گرا لیا گیا اور جب وہ بالکل بے بس ہو گئی تو اُسے باندھ کر گھوڑے کی پشت پر رکھ دیا گیا۔

اب ان منگولوں کا سفر قرشی کے بجائے سمرقند کی طرف جاری تھا۔

کمبل کے اندر گاشی کا دم گھٹ رہا تھا۔ اُس نے کئی بار کوشش کی کہ چہرے کو کمبل سے آزاد کرائے لیکن ناکام رہا۔ وہ چیخ بھی نہ سکا۔ اس کی سمجھ میں نہیں آرہا تھا کہ منگول اُسے کہاں اور کیوں لئے جا رہے ہیں۔ خاصی دیر بعد اُسکے چہرے سے کمبل ہٹا دیا گیا۔ اسکا گھوڑا منگولوں کے دوسرے گھوڑوں کے ساتھ سرپٹ بھاگ رہا تھا اس کے ساتھ جو منگول بیٹھا تھا گاشی نے اُسے پہلی ہی نظر میں پہچان لیا۔ یہ وہی منگول تھا جو اس کے پاس خان قابلزی کی طرف سے طلبی نامہ لایا تھا۔ اُس کے بعد گاشی تایان نے دوسرے منگولوں کو گِنا۔ یہ سارے سے وہ لوگ تھے جو تیمور کی خدمت میں جاں نثاری کے لیئے حاضر ہوئے تھے اور وفاداری

کا عہد کیا تھا۔

گاشی نے اپنے پیچھے بیٹھے ہوئے منگول سے پوچھا: "دوستو! کیا تم لوگ جھوٹی قسمیں بھی کھانے لگے ہو؟"

منگول نے جواب دیا: "مجھے میرے خان نے یہی حکم دیا تھا اور یہ بات تو تُو خود بھی جانتا ہے کہ اپنے خان کے لئے ہم سب اپنی جانیں تک دے سکتے ہیں۔ جھوٹی قسم کھانا تو ایک معمولی بات ہے۔"

گاشی نے جواب دیا: "اچھا اب زیادہ باتیں نہ بنا! تاجیہ کس حال میں ہے؟"

منگول نے جواب دیا: "اس کے منہ میں کپڑا ٹھونس دیا گیا ہے کیونکہ وہ شور کر سکتی ہے۔ ہاں، دونوں نتھنے آزاد ہیں، جن سے وہ آزادی کے ساتھ سانس لے سکتی ہے۔"

گاشی نے پہلو بدلنے کی کوشش کی لیکن ناکام رہا۔ بولا: "ظالمو! اس لڑکی پر تو ظلم نہ کرو۔ اس کے منہ سے کپڑا نکال دو۔ میں تاجیہ کی طرف سے یقین دلاتا ہوں کہ وہ شور نہیں کرے گی۔"

منگول نے گاشی کی بات کا کوئی جواب نہ دیا۔ وہ اپنے گھوڑوں کو سمرقند کی طرف اُڑائے لئے چلے جا رہے تھے۔ شام تک وہ قرشی سے بہت دُور جا چکے تھے۔ انہوں نے اچانک اپنا راستہ بدل کر مغرب کا رُخ کیا اور خیوا سے پہلے پڑنے والے ریگستان کی طرف چل پڑے۔ انہوں نے رات کو ریگستان کے سرے پر قیام کیا اور صبح کو اپنے گھوڑوں کا رُخ دوبارہ سمرقند کی طرف کر دیا۔ گاشی نے کہا: "یہ کیا حماقت ہے۔ اگر سمرقند ہی جانا تھا تو خیوا کے ریگستان کی طرف بھاگنے کی کیا ضرورت تھی؟"

منگول نے جواب دیا: "محض اس لئے کہ اگر ہمارا تعاقب کیا جا رہا ہے تو وہ ہمیں پا نہ سکیں۔"

اب گاشی کو یقین ہو چکا تھا کہ وہ تیمور کے پاس واپس نہیں جا سکے گا اور خان قابلز کا سامنا ناگزیر ہو چکا ہے۔

گاشی اور تاجیہ کی گمشدگی ایک پُراسرار واقعہ تھی، لیکن تیمور نے اُسے منگول دستے سے وابستہ کر دیا تھا۔ وہ سمجھ چکا تھا کہ وہ دونوں منگولوں کے ساتھ ہی فرار ہوئے ہیں۔ یہ بات البتہ مشتبہ تھی کہ دونوں اپنی خوشی سے گئے ہیں یا زبردستی لے جائے گئے ہیں۔ صرف معلم اس خیال پر اڑا ہوا تھا کہ گاشی تاجیہ کو لیکر فرار ہوا ہے کیونکہ وہ معلم حمید سے خوفزدہ تھا۔ تیمور کو حمید کی خوش فہمی پر ہنسی تو آئی لیکن وہ سنجیدہ رہا کیونکہ وہ اس خوش فہم اور کج ادا معلم سے بے تکلف نہیں ہو سکتا تھا۔ تاجیہ کے والدین تیمور سے فریاد کر رہے تھے لیکن ایچی بہادر نے انہیں ڈانٹ دیا کہ انہوں نے تاجیہ کی طرف سے غفلت کیوں برتی؟ اور غفلت کی سزا تو ملنا ہی چاہیئے۔

لیکو تیمور اور حاکو برلاس کے لئے اس واقع میں دلچسپی کا کوئی پہلو تھا ہی نہیں اس لیے وہ خاموش رہے اور کوئی رائے نہ دی۔ امیر موسیٰ نے تیمور کو مشورہ دیا کہ وہ ان چھوٹے چھوٹے واقعات پر توجہ دیئے بغیر بلخ کا رُخ کرے کیونکہ الجائی کا بھائی اور تیمور کا دھوکے باز حلیف حسین بلخ میں پناہ گزیں ہے۔ اگر حسین قابو میں آگیا تو خان قابلنز خود ہی المالین واپس چلا جائے گا۔

تیمور کو موسیٰ کا مشورہ پسند آیا اور وہ بلخ کی طرف چل پڑا۔

نوجوان معلم تیمور کا ساتھ نہیں دے سکا اور وہ بھی تاجیہ کی خاطر تنہا خان قابلنز کے دربار روانہ ہو گیا۔

ابھی تیمور راستے ہی میں تھا کہ چار گھڑسوار گرد و غبار اڑاتے ہوئے اس کی طرف بڑھے۔ وہ تیمور کے سرخ خیمے کے سامنے اپنے گھوڑوں سے اُتر پڑے۔ اور بلند آواز میں اعلان کیا: "فاتح تیمور کو معلوم ہونا چاہیئے کہ ہم امیر حسین کے قاصد ہیں۔ ہم اس کے لئے ایک خاص پیغام لائے ہیں اور پیغام کے ساتھ ایک مُصحف (قرآن پاک) بھی۔"

تیمور نے قاصد کی آواز سن لی اور اندر سے حکم بھیج دیا۔ "قاصدوں سے کہہ دیا جائے کہ وہ غسل کر کے سفری لباس اتار دیں، اور نئے لباس میں حاضر ہو جائیں۔"

قاصدوں نے غسل کیا۔ انہیں نئے لباس دیئے گئے جنہیں پہن کر وہ تیمور کے خیمے پر بہ اُمیدِ باریابی بیٹھ گئے۔ تیمور اپنے امیروں سے مصروف گفتگو تھا اور قاصد جو پیغام لے کر حاضر ہوئے تھے، آگے بڑھے بغیر ہی سمجھ کر صلاح و مشورے کر رہا تھا۔ آخر کافی دیر بعد قاصدوں کو باریابی کی اجازت مل گئی۔ انہوں نے اندر داخل ہوتے ہی تیمور کو اسلامی انداز میں سلام کیا اور حسین کا خط دے کر خاموش کھڑے ہو گئے۔ خط میں حسین نے لکھا تھا۔

"فاتح تیمور کے نام، اس کے برادرِ نسبتی حسین کا مکتوب۔ اب تک جو کچھ ہو چکا ہے، میں

اس پر بہت شرمندہ ہوں۔ جب میرے علم میں یہ بات آئی کہ امیر موسیٰ جلائر بھی اپنی قوم کے ساتھ تیرا حلیف بن گیا ہے تو میں نے یہ آخری فیصلہ کر لیا کہ تیری طرف دوستی کا ہاتھ بڑھاؤں اگر تو بلخ پر مجھے ہی قابض رہنے دے تو یہ تیری مہربانی ہو گی اور میں زندگی بھر ترا دوست رہوں گا۔

"میں وہی مصحف تیرے پاس روانہ کر رہا ہوں جس کو گواہ بنا کر ہم دونوں پہلے بھی پیمان دوستی باندھ چکے ہیں۔ اب میں چاہتا ہوں کہ تو اس مصحف کے ساتھ چک چک نامی درّے میں چلا آ۔ میں وہاں تیرا انتظار کروں گا اور ہم دونوں ایک بار پھر قرآن پاک کو گواہ بنا کر عہد و پیمان کریں گے۔ چونکہ یہ عہد و پیمان کا معاملہ ہے، اس لیے ہم دونوں اپنی اپنی فوجوں کو اپنے ساتھ نہیں لائیں گے، بلکہ تنہا ملاقات کریں گے۔

"تیمور! اتفاق اور اتحاد میں برکتیں ہیں جبکہ اختلاف اور نفاق میں بربادیاں اور تباہیاں! چک چک کا تنگ درہ ہمارا انتظار کر رہا ہے۔" آج کے تیسرے دن ظہر کے بعد، عصر سے پہلے، میں تیرا انتظار کروں گا۔"

تیمور نے قاصدوں سے پوچھا: "کیا تم کو یقین ہے کہ تمہارے آقا حسین نے جو کچھ لکھا ہے، بربنائے خلوص لکھا ہے؟"

قاصد نے قرآن پاک تیمور کی طرف بڑھا دیا۔ بولا: "نیتوں کا حال عالم الغیب جانے، لیکن ہمیں ایک مسلمان ہونے کی وجہ سے اللہ کے کلام پر تو اعتبار کرنا ہی پڑے گا۔"

تیمور نے کہا: "بیشک، تو نے بڑی سچی بات کہی۔ قرآن پاک پر تو بھروسا کرنا ہی پڑے گا!" اس کے بعد قرآن پاک کو ہاتھ میں لے کر بوسہ دیا اور آنکھوں سے لگا کر امیر موسیٰ کے حوالے کر دیا۔ قاصدوں سے کہا: "تم لوگ جاؤ اور اپنے آقا حسین سے کہہ دو کہ میں نے اعتبار کیا۔ پرسوں ظہر اور عصر کے درمیان میں چک چک کے درّے میں پہنچ جاؤں گا۔"

قاصدوں نے ادب سے تیمور کو الوداعی سلام کیا اور خیمے سے باہر نکل گئے۔

ان کے جاتے ہی تیمور نے پھر بحث شروع کر دی اور یہ جاننے کی کوشش کرنے لگا کہ کہیں اس سے کوئی مکر تو نہیں کیا جا رہا؟

امیر موسیٰ کو شبہ تھا کہ حسین مکار ہے، اس کی کسی بات پر بھی بھروسا نہیں کیا جا سکتا، اس لیے درہ چک چک جانا بے کار ہے لیکن ایلچی بہادر کا کہنا تھا کہ ضرور جانا چاہیے کیونکہ تیمور نے پہنچنے کا وعدہ کر لیا ہے۔

جاکو برلاس نے کہا۔ "اگر حسین نے اس بار پھر دغا بازی کی تو اسے ایسا مزہ چکھایا جائے گا کہ پھر دغا بازی کرنے کے لائق ہی نہ رہے گا۔"

ایکو تیمور نے رائے دی: "میں تو یہ سمجھتا ہوں کہ پرسوں تیمور کے بجائے کوئی اور درۂ چک چک پہنچ جائے۔ جھوٹ سچ کسی نقصان کے بغیر کھل جائے گا۔"

تیمور نے کہا: "لیکن ایسا نہیں ہوگا۔ درۂ چک چک میں خود پہنچوں گا کیونکہ میں نے قاصد دں سے وعدہ کرلیا ہے۔"

امیر موسیٰ نے عاجزی سے کہا: "بیشک، تیمور کی زبان اور کسی دوسرے کی زبان میں یہ فرق تو ہونا ہی چاہیئے۔"

ایلچی بہادر نے پوچھا: "تیمور اپنے ساتھ چند آدمی تو ضرور لے جائے گا اور ان چند آدمیوں میں میرا نام سرفہرست ہوگا؟"

جاکو برلاس نے کہا: "اور میں نے یا ایکو تیمور نے کیا کیا ہے جو اُن کا نام ایلچی بہادر کے نام کے نیچے نہ آئے۔"

تیمور نے جواب دیا: "ہر چند کہ میں اس کی ضرورت نہیں محسوس کرتا۔ پھر بھی میں تمہیں اپنے دست د بازو سمجھتا ہوں اور کوئی شخص بھی اپنے دست د بازو کو گھر پر نہیں چھوڑ کر جاسکتا۔"

تیمور نے حسین کے قاصد سے کہہ دیا تھا کہ اپنے آقا سے کہہ دے کہ میں آج کے تیسرے دن درۂ چک چک پہنچ جاؤں گا اور ظہر و عصر کے درمیان حسین سے ملاقات کروں گا۔

تیمور نے حسین کے قاصد کے ساتھ اپنا ایک آدمی بھی کر دیا اور اسے ہدایت کردی: "حسین کی خدمت میں مؤدبانہ عرض کیا جائے کہ تیمور خدا کے آخری صحیفِ آسمانی کے احترام میں یہ ملاقات کر رہا ہے تاکہ وہ اور حسین ایک بار پھر آپس میں وفادار رہنے کے عہد و پیمان کرلیں۔"

تیمور، قاصد کے جاتے ہی مجلس برخواست کر کے ایلچی بہادر، جاکو برلاس اور ایکو تیمور کو لے کر کہیں چلا گیا اور اپنے ان تینوں ساتھیوں اور چند عام سپاہیوں کے ساتھ شکار میں مشغول ہوگیا۔ اس نے شکار گاہ میں ایلچی بہادر سے کہا: "ایلچی بہادر! بتا تو سہی، پرسوں کی ملاقات کا کیا نتیجہ نکلے گا؟"

ایلچی بہادر نے جواب دیا: "میرا خیال ہے، یہ معاہدہ نہیں ہوگا کیونکہ حسین

خود غرض اور موقع پرست ہے۔"

تیمور نے کہا: "پھر تو ایسا کر کہ دو سو منتخب نوجوانوں کا دستہ تیار رکھ! اسے کل رات کو اپنے ساتھ لے جا کر درۂ جک جک میں چھپا دے اور خود بھی وہیں موجود رہ۔ پھر جب میں یا کوئی اور ایلچی بہادر کی صدا بلند کرے تو تُو اپنے آدمیوں کے ساتھ نمودار ہو کر خطرات میں کود پڑ۔"

ایلچی بہادر نے پوچھا: "ایکو تیمور اور جاکو برلاس کیا کریں گے؟"

تیمور نے جواب دیا: "تُو ان کی فکر نہ کر، وہ میرا کام ہے۔"

ایلچی بہادر کو بحث کرنے کی بڑی بُری عادت تھی۔ اس نے نیا سوال کر دیا: "اور امیر موسیٰ؟ یہ کہاں رہے گا اور کیا کرے گا؟"

تیمور نے جواب دیا: "امیر موسیٰ کچھ بھی سہی، ابھی ہمارے پورے پورے اعتماد کا مستحق نہیں ہے۔"

اس جواب نے ایلچی بہادر کو بہت خوش کیا۔ اس جواب سے یہ بات صاف ہو گئی تھی کہ تیمور امیر موسیٰ سے زیادہ ایلچی بہادر پر اعتماد کرتا ہے۔

منگولوں نے گاشی تایان اور تاجیہ کو خان قابلشر کی خدمت میں پیش کر دیا۔ خان قابلشر نے گاشی تایان کو بُرا بھلا نہیں کہا۔ بلکہ مسکرا کر خوش دلی سے تائی جوت کے سردار کا خیر مقدم کیا اور کہا: "کیوں گاشی تایان! میں نے تجھے بلوا لیا نا!"

ایک منگول نے شکایتہً کہا۔ "خان! گاشی اپنی خوشی سے نہیں آیا بلکہ اُسے زبردستی لایا گیا ہے۔"

خان قابلشر نے گاشی سے پوچھا: "کیا یہ درست کہتا ہے؟"

گاشی تایان نے جواب دیا: "ہاں خان! تیمور نے مجھ پر بڑے احسانات کئے ہیں۔ کیا میں تیمور کے ساتھ احسان فراموشی کرتا؟"

خان قابلشر نے کہا: "ہرگز نہیں، لیکن مجھے تیری ضرورت تھی، میری ماں پر کسی نے سحر کر دیا ہے۔ وہ سوتی ہے تو بُرے بُرے خواب دیکھ کر چونک پڑتی ہے اور پھر باہر نکل کر اپنے کپڑے تار تار کر دیتی ہے۔ میں نے تجھے اپنی ماں کے علاج کے لئے طلب کیا ہے کیونکہ میں اپنی ماں سے بڑی محبت کرتا ہوں۔"

گاشی تایان نے منگولوں کی شکایت کی۔ "خان! اگر تیرے آدمی یہ بتا دیتے کہ تُو مجھے

اپنی ماں کے علاج کی خاطر بلا رہا ہے تو یہ شہریوں کی زبان میں سر کے بل حاضر ہو جاتا، لیکن انہوں نے مجھ پر کمبل ڈال کر اغوا کیا اور اسی طرح میری محبوبہ تاجیہ کو بھی بہت ستایا۔"

خان نے بگڑ کر پوچھا: "شامان اور اس کی محبوبہ پر کمبل کس کس نے ڈالے تھے؟"

منگولوں نے اپنے دو ساتھیوں کو آگے بڑھا دیا۔ خان نے حکم دیا: "ان دونوں کو انہی کمبلوں میں لپیٹ کر ڈال دیا جائے۔ یہاں تک کہ ان کا دم نکل جائے کیونکہ مقدس شامان اور اس کی محبوبہ کو اذیت پہنچانا اُن تمام دیوتاؤں کو ناپسند ہے جنہوں نے شامان میں اُن پُراسرار سرگوشیوں کو سننے اور سمجھنے کی صلاحیت بخشی ہے جو جاودانی نیلے آسمان کے نیچے برپا ہیں اور عام انسانی کان انہیں نہیں سن سکتے۔

دونوں منگولوں کو کمبلوں میں لپیٹ کر زمین پر ڈال دیا گیا اور گاشی اور تاجیہ کو ان دونوں کے پاس کھڑا کر دیا تاکہ وہ ان کے تڑپنے کے منظر سے لطف اندوز ہو سکیں۔ تاجیہ نے اپنا منہ پھیر لیا۔ لیکن گاشی دیکھتا رہا۔ بڑی دیر تک دونوں جنبش میں رہے اور ان کی حرکت سے دونوں کی اذیتوں کا اندازہ ہوتا رہا لیکن جب دونوں کمبلوں میں سکوت پیدا ہو گیا تو خان قابلتر نے حکم دیا کہ انہیں کسی تیرہ و تار اور تنگ کوٹھری میں تین دن تک اسی حالت میں قید کر دیا جائے کیونکہ خان کے خیال میں وہ دونوں کمبلوں کے اندر مرے نہیں تھے، بے ہوش ہو گئے تھے۔

خان قابلتر نے تاجیہ اور گاشی تایان کے لیے ایک شاندار رہائش گاہ کا انتظام کر دیا اور پھر گاشی کو اپنی بیمار ماں کے پاس لے گیا۔ خان کی ماں گٹھیا کی اذیت جھیل رہی تھی۔ اور اس کے جوڑوں پر ورم آگیا تھا۔ کسی کسی لمحے جب وہ سو جاتی تو درد کی شدید لہر اسے جگا دیتی اور پاگلوں کی طرح گرتی پڑتی باہر بھاگ جاتی یا چیخ چیخ کر رونا شروع کر دیتی۔

خان نے گاشی سے کہا: "ذرا میری ماں کی بابت یہ بتا کہ اس پر کس نے سحر کر دیا ہے اور یہ اس سحر سے جاں بر بھی ہو گی یا نہیں؟"

گاشی تایان نے اپنے کانوں پر ہاتھ رکھ کر آنکھیں بند کر لیں اور اپنے ہر بن مو سے کارکنانِ تضاد قدرت کی سرگوشیاں سننے کی کوشش کرنے لگا۔ اس نے دیکھا اور سنا بھی کہ خان کی ماں کے سرہانے کوچ کا نقارہ بج رہا تھا اور بادِ زمہریر کے تھپیڑے خان کی ماں کے متورم جوڑوں پر ضربیں لگا رہے تھے۔ وہیں آس پاس یہ اعلان ہو رہا تھا: "سانسوں کا حساب پورا ہوا چاہتا ہے۔ دواؤں اور تدبیروں کو حکم دے دیا گیا ہے کہ

وہ تریاق کے بجائے زہر کا کام کریں۔ قیام ختم۔ کوچ کا حکم۔"

گاشی تایان پریشان تھا کہ جو کچھ دیکھا یا سُنا تھا۔ اُسے کس طرح بیان کرے؟ خان اس کا متحمل نہیں ہو سکتا تھا۔ خان نے اُسے کانوں پر سے ہاتھ ہٹاتے اور آنکھیں کھولتے دیکھا تو پوچھا: "کچھ پتہ چلا؟ کیا معلوم ہوا؟"

گاشی تایان نے جواب دیا: "تیری ماں کے سرہانے نقارے بج رہے ہیں۔ جو شاید خوشی کی علامت ہیں اسی طرح موسم بہار کے جھونکے تیری ماں کے متورم حصوں کو بار بار چھو رہے تھے۔ شاید اس کی خوش خبری ہے کہ تیری ماں دعا اور دوا سے ٹھیک ہو جائے گی۔"

خان نے خوش ہو کر پوچھا: "میری ماں پر سحر کیا کس نے؟ اس کا بھی کچھ پتہ چلا؟"

گاشی تایان نے جواب دیا: "میں نے سرد ہواؤں کے جھونکوں میں دو آدمیوں کو سر تا پا کمبلوں میں لپٹا ہوا دیکھا ہے میرا خیال ہے۔ یہی دونوں تیری ماں کے دشمن اور ساحر تھے۔"

خان نے دانت پیستے ہوئے کہا: "تو گویا میں نے ان دونوں کو بالکل درست سزا دی ہے۔ آخر میری ماں نے انہیں کیا ستایا تھا! جو انہوں نے اس پر سحر کر دیا۔"

گاشی نے جواب دیا: "ان دونوں نے خان کا بدلہ خان کی ماں سے لیا۔ سیدھی اور سچی بات یہی ہے۔"

خان نے طیش میں کہا: "تو میری ماں کا علاج کر، میں ان دونوں کا کام تمام کرتا ہوں۔"

تیسرے دن تیمور اپنے بہادر ساتھیوں کو لے کر درّہ چک چک روانہ ہو گیا امیر موسیٰ نے ساتھ چلنے کی خواہش کی لیکن تیمور نے اسے قرشی کے قلعے میں رہنے کی ہدایت کی۔ وہ دوپہر تک درّے میں داخل ہو گیا اس کے دو سو ساتھی درّے کے اس دہانے میں چھپے ہوئے تھے جدھر سے حسین کو داخل ہونا تھا! ایلچی بہادر ان کا قائد تھا۔ خود تیمور کے گرد پچاس جیالے موجود تھے۔ انہی میں جاکو برلاس اور ایکو تیمور بھی شامل تھے۔ ماحول بڑا تجسّس آمیز تھا۔ تیمور نے اپنے ساتھیوں سے کہا: "کچھ پتہ نہیں حسین کے کیا ارادے ہیں لیکن اگر گاشی تایان ہم میں موجود ہوتا تو ہم آج اس کے شعبدوں سے لطف اندوز ضرور ہو لیتے۔"

جاکو برلاس نے کہا: "مگر یہ اُسے سوجھی کیا کہ تاجیہ کو لے کر فرار ہو گیا؟"

تیمور نے جواب دیا: "وہ خود فرار نہیں ہوا بلکہ اُسے تاجیہ کے ساتھ اغوا کیا گیا ہے اور یہ کام منگولوں نے کیا ہے۔"

کچھ دیر بعد درہ گھوڑے کی ٹاپوں سے گونجنے لگا۔ جاکو برلاس پہاڑی پر چڑھ گیا اور گھڑ سوار کو دیکھنے لگا۔ یہ وہی گھڑ سوار تھا۔ جسے تیمور نے حسین کے قاصد کے ساتھ کر دیا تھا۔ وہ گھوڑے کو بھگاتا ہوا بالکل قریب آ گیا اور تیمور کو دیکھتے ہی گھوڑے سے اتر پڑا۔

تیمور نے پوچھا: "کیا خبر لائے؟"

گھڑ سوار نے جواب دیا: "میں نے آپ کے ان دوستوں سے، جو حسین کے آس پاس موجود ہیں۔ آپ کی ایما پر معلوم کیا کہ حسین اس ملاقات میں کس حد تک سنجیدہ ہے تو انہوں نے مجھے بتایا کہ حسین دغاباز ہے، وہ کوئی ملاقات و لاقات نہیں کرے گا بلکہ اپنے دو ہزار سپاہیوں کو تیمور کی گرفتاری کے لئے بھیج دے گا اس لئے قرشی کے فاتح کو ہوشیار اور چوکنا رہنا چاہیئے۔"

تیمور نے پوچھا: "اس وقت وہ دو ہزار سپاہی کہاں ہیں؟"

گھڑ سوار نے جواب دیا: "اب وہ چل چکے ہوں گے۔"

تیمور نے اپنے اڑتالیس آدمیوں کو درے کے اندر چھپا دیا اور انہیں حکم دیا کہ جب حسین کے دو ہزار سپاہی درے میں داخل ہو جائیں اور میں قرنا بجواؤں تو ان پر ایک دم سے تیروں کی بوچھار کر دی جائے۔

اور درے کے باہر چھپے ہوئے آدمیوں کو ہدایت کی گئی کہ جب حسین کے دو ہزار سپاہیوں کا لشکر درے میں داخل ہو جاتے تو وہ درے کے دہانے پر چٹان کی طرح جم جائیں اور اگر اندر کے حملے سے پریشان ہو کر وہ درے سے نکلنے کی کوشش کریں تو انہیں پوری سفاکی سے مار دیا جائے۔

اب درے میں بظاہر تین آدمی موجود تھے۔ تیمور، جاکو برلاس اور ایکو تیمور۔ جاکو برلاس اور ایکو تیمور آس پاس تھے۔ اور تیمور ان دونوں کے درمیان میں کچھ ہی دیر بعد ہزاروں گھوڑوں کی ٹاپوں سے درہ لرزنے لگا اور گھوڑوں کے ہنہنانے کی آواز سے فضا مرتعش ہو گئی۔ حسین کے دو ہزار لشکر کا سردار سفید گھوڑے پر سوار سب سے آگے تھا۔ اس نے تیمور کو دو آدمیوں کے بیچ میں تنہا کھڑے دیکھ کر خوشی سے نعرہ لگایا۔ "وہ مارا، تیمور پکڑا گیا۔ اب یہ بچ کر کہاں جائے گا۔"

تیمور نے جاکو برلاس سے کہا: "اس سے بلند آواز میں پوچھو حسین کہاں ہے؟ اسے بھیجو۔ تاکہ مذاکرات شروع ہوں۔"

جاکو برلاس نے تیمور کا پیغام دہرا دیا۔ دوسری طرف سے جواب ملا: "میرے آقا نے ان دو ہزار آدمیوں کو تیری گرفتاری کے لئے بھیجا ہے۔ اب تو اپنے ہتھیار اور خود

کو ہمارے حوالے کر دے۔"

تیمور کی ہدایت پر جاکو برلاس نے کہا "حسین سے کہہ کہ یہ دھوکا ہے اور دھوکا انسان کا ہمیشہ ساتھ نہیں دیتا۔"

دوسری طرف سے جواب ملا۔ "فضول باتیں بند! میرا آقا حسین میرے ساتھ نہیں آیا۔ تم تینوں وقت ضائع نہ کرو اور میرے ساتھ میرے آقا کے پاس چلے چلو۔ ہو سکتا ہے وہ تم پر رحم کھا کر معاف ہی کر دے۔"

اس بار تیمور نے اپنے دونوں ساتھیوں کو اپنے ہاتھ پھیلا کر پیچھے کر دیا اور خود آگے بڑھ کر جواب دیا۔ "تو جاکر اپنے آقا سے کہہ دے، تیمور نے کہا ہے کہ وہ باتیں کرنے آیا تھا، گرفتار ہونے نہیں۔ میں تیرا مقابلہ کروں گا کیونکہ میں اتنا بے بس نہیں ہوں، جتنا تیرے آقا نے سمجھ لیا ہے۔"

اس کے بعد تیمور نے ایکو تیمور کو اشارہ کیا کہ قرنا پھونک دے، ایکو تیمور نے فوراً قرنا بجایا جس سے پورا درہ گونج گیا۔

حسین کے آدمی تیزی سے تیمور کی طرف بڑھے لیکن اسی وقت آس پاس سے سنسناتے ہوئے تیروں نے ان کا خیر مقدم کیا اور وہ کٹی ہوئی شاخوں کی طرح زمین پر گرنے لگے۔ تیمور کے اڑتالیس سپاہیوں میں چند سامنے آگئے اور یہ بتدریج کچھ اس طرح نمودار ہوئے کہ حسین کے سپاہیوں کو ان کی کثرت کا یقین ہو گیا وہ خوف زدہ ہو کر مڑے اور درے سے نکلنے کی کوشش کی لیکن درے کے منہ پر دو سو سوار موت کے فرشتوں کی طرح ان کے منتظر تھے۔ حسین کے سپاہیوں کو جب یہ احساس ہو گیا کہ وہ تیمور کے داؤ میں آچکے ہیں اور اب ان کا بچ نکلنا ناممکن ہے تو انہوں نے بلا وجہ کی ہلاکت کے بجائے تیمور سے امان طلب کی اور گرفتاری کو غنیمت سمجھا۔

تیمور ان کو گرفتار کر کے قرشی روانہ ہو گیا اور حسین کو مختصر رقعہ لکھ کر بھیج دیا۔

"میں نے صبا سے کہا کہ اگر تو اس دغا باز یار کی طرف جائے تو میری طرف سے کہہ دے کہ میں نے تیرے مکر کو مکر سے شکست دے دی۔ اب کیا پیغام ہے؟ شاید کھلا اعلانِ جنگ! اب میں ہر ہتھیار سے لیس ہو کر تیرے پاس پہنچ رہا ہوں۔"

تیمور کی مختصر تحریر نے حسین کو بہت شرمندہ کیا۔ لیکن وہ یہ بھی جانتا تھا کہ اب تیمور سے اعلانِ جنگ ہو چکا ہے اور وہ اسے کسی قیمت پر بھی معاف نہ کرے گا۔ اس لئے اس نے جنگ کی تیاری شروع کر دی۔ دوسری طرف تیمور بھی بلخ کی طرف بڑھا۔ حسین نے تیمور کا انتظار نہیں کیا بلکہ اس سے مقابلہ کے لئے ایک بڑا لشکر روانہ کر دیا۔ اس نے تاکید کر دی تھی کہ تیمور کو راستے

ہی میں روک کر تباہ و برباد کر دیا جائے۔ لیکن یہ لشکر تیمور سے جنگ کرنے کے بجائے اس سے مل گیا اور وفاداری کی قسمیں کھائیں۔ اب تیمور ایک بڑے لشکر کے ساتھ بلخ کے سامنے پہنچ گیا۔ حسین کے پاس اب بھی خاصا بڑا لشکر موجود تھا۔ وہ قلعے سے نکل کر تیمور کے مقابل صف آرا ہو گیا۔

تیمور کے آس پاس جاں نثاروں کا ہجوم تھا اور حسین کے گرد و پیش تھڑ دلے اور مشتبہ لوگوں کی بھیڑ تھی۔ دونوں فوجیں آمنے سامنے کھڑی ہو گئیں۔ سورج کی روشنی میں ان کے خود اور ہتھیار یوں چمک رہے تھے کہ ان پر کسی کی نگاہ نہ ٹھہرتی تھی اور اگر دھوکے سے ان پر نگاہ پڑتی بھی تھی تو آنکھیں چکا چوندھ ہو جاتی تھیں۔ شہسواروں کے بے چین، مضطرب اور چنچلے، نہ کھڑے ہونے والے گھوڑے، ایک جگہ کھڑے رہنے سے عاجز تھے اور بار بار ٹنک ٹنک کر اپنی پریشانی کا اظہار کر رہے تھے۔ مگر تیمور نے اپنی طرف سے جنگ کا اعلان نہیں کیا، وہ حسین کی طرف سے اعلان جنگ کا انتظار کر رہا تھا۔

حسین کی بے چین طبیعت زیادہ انتظار نہیں کر سکتی تھی۔ وہ جنگ کے نتائج اپنے حق میں جلد از جلد حاصل کر لینا چاہتا تھا۔ اس نے طبل جنگ بجا کر مقابلے کا اعلان کر دیا۔ تیمور کے لئے یہ مقابلہ زیادہ مشکل نہیں تھا کیونکہ وہ حسین کی چالیں خوب سمجھتا تھا۔ پہلے تو اس نے سوچے سمجھے منصوبے کے مطابق اپنے بائیں بازو کو حسین کے دائیں بازو سے بھڑوایا اور میلوں پسپائی اختیار کی۔ حسین نے یہ سوچ کر کہ تیمور کا بایاں بازو شکست کھا ہی چکا ہے، اس نے تیمور کے جمے ہوئے دائیں بازو پر بھی شدید دباؤ ڈالا۔ تیمور نے اس وقت اپنے "شکست خوردہ" بائیں بازو کو پلٹ کر حملہ کرنے کا حکم دیا۔ یہ حملہ اتنا اچانک اور شدید تھا کہ حسین کا فتح کے نشے میں چور دایاں بازو گھبرا گیا۔ ابھی یہ سنبھلا بھی نہ تھا کہ تیمور نے اپنے میمنے کو بھرپور حملے کا حکم دے کر قلب کو بھی آگے بڑھا دیا۔ ان تین طرفہ اچانک اور شدید حملوں نے حسین کو حواس باختہ کر دیا اور وہ جنگ کو ادھورا چھوڑ کر قلعے میں واپس چلا گیا۔ حسین کے جاتے ہی فوج نے بھی راہ فرار اختیار کی۔ تیمور کو نہیں معلوم ہو سکا تھا کہ حسین قلعے میں چلا گیا ہے لہٰذا وہ حسین کی سپاہ میں دیوانہ گھس کر اسے تلاش کرنے لگا۔ اس دوران چند سپاہیوں نے سمجھ لیا کہ تیمور کس کو تلاش کر رہا ہے۔ انہوں نے بتا دیا کہ حسین قلعے میں واپس جا چکا ہے۔

تیمور نے قلعے کے سامنے کھڑے ہو کر باآواز بلند کہا۔ "حسین! باہر آجا! بہادروں کو یہ زیب نہیں دیتا کہ وہ میدان جنگ سے بھاگ کر قلعے کی عورتوں میں جا بیٹھیں۔ میں حسین کو متنبہ کرتا ہوں کہ وہ دنیا کے کسی بھی گوشے میں چھپ جائے، میں یا میرے آدمی اسے ڈھونڈ نکالیں گے۔"

تیمور کا اعلان امیر حسین تک پہنچ گیا۔ وہ قلعے کی ایک برجی میں نمودار ہو کر بولا۔
"تیمور! تو خواہ مخواہ کیوں گھبراتا ہے! کل میں تجھ سے کھلے میدان ہی میں مقابلہ کروں گا اور اللہ نے چاہا تو تجھے جہنم واصل کر دوں گا۔"

تیمور نے جواب دیا۔ "اللہ دھوکے بازوں کو ذلیل و خوار کرتا ہے۔ تو نے دوست ہوتے ہوئے مجھ سے فریب کیا، اس لئے تو ذلیل و خوار ہو گا۔"

دوسرے دن پھر مقابلہ ہوا اور تیمور غالب آیا۔ حسین بھاگ کر مسجد کے مینار میں چھپ گیا۔ تیمور کے آدمی تلاش کرتے ہوئے اسے مسجد کے مینار سے نکال لاتے اور اس کو باندھ کر تیمور کے قدموں میں ڈال دیا۔ تیمور نے حکم دیا۔ "اسے کھول دو کیونکہ یہ الجائی کا بھائی ہے اور ساتھ ہی میرا دوست بھی۔"

ایلچی بہادر نے کہا۔ "لیکن یہ دغاباز بھی ہے اور اس نے ہمیشہ تیمور کو خوار کرنے کی کوشش کی ہے۔"

تیمور نے سختی سے کہا۔ "میں نے کہہ جو دیا کہ یہ میرا دوست ہے اور میں نے قرآن پاک کو گواہ بنا کر دوستی کا عہد کیا تھا۔"

امیر موسیٰ نے کہا۔ "لیکن اس عہد کو خود حسین نے توڑ دیا۔" حسین مارے شرم کے سر نہیں اٹھا رہا تھا۔ امیر موسیٰ کی آواز سن کر اس نے سر اٹھایا اور شاکی لہجے میں کہا۔ "موسیٰ! یہ تو بول رہا ہے؟ میں نے تو تجھے کہیں بھی دھوکہ نہیں دیا۔"

امیر موسیٰ نے جواب دیا۔ "تو سچ کہتا ہے لیکن میں نے یہ مشورہ اس شخص کو دیا ہے جس کو تو نے بار بار دھوکا دیا۔"

تیمور نے پھر اپنی بات دہرائی۔ "لیکن میں نے حسین سے وفاداری اور دوستی کے عہد و پیمان کر رکھے ہیں، اس لئے میں اس کو سزا نہیں دے سکتا۔"

جاکو برلاس بھی تیمور کی نرمی سے ناراض تھا، بولا۔ "تیمور! میں بھی تیرا دشمن تو نہیں ہوں۔ کیا تو حسین اور جاکو برلاس کو ایک جیسا سمجھتا ہے؟"

تیمور نے جواب دیا۔ "میں نے یہ کب کہا کہ حسین اور جاکو برلاس برابر ہیں!"

جاکو برلاس نے کہا۔ "جب تو اس فریبی کو اپنا دوست کہے گا تو ذرا سوچ تو سہی کہ جو واقعی دوست ہیں، وہ کیا سوچیں گے؟"

جاکو تیمور نے بات پوری کر دی۔ "وہ یہی سوچیں گے کہ تیمور کی نظر میں خلوص، محبت،

دغا اور فریب یکساں ہیں اور وہ ان میں کوئی فرق نہیں کرتا۔"

تیمور غصے میں کھڑا ہو گیا، بولا۔" میں کہتا ہوں کہ آخر تم لوگ میری بات کیوں نہیں سمجھتے؟ حسین" الجائی کا بھائی" اور میرا دوست ہے۔ ہم دونوں نے آخری مصحف آسمانی گواہ بنا کر دوستی اور وفاداری کا عہد کیا تھا۔ اب اگر حسین اس سے پھر گیا تو اس سے یہ کہاں لازم آتا ہے کہ میں بھی پھر جاؤں۔"

امیر موسیٰ نے جاکو برلاس، ایلچی بہادر اور ایکو تیمور کو ایک طرف لے جا کر سمجھایا۔" دوستو! تیمور کو مجبور نہ کرو۔ عہد و پیمان اور دوستی کا جو مفہوم تیمور کے ذہن میں ہے، ہم سب مل کر بھی اسے بدل نہیں سکتے اور پھر ہم سب کے لئے تیمور کے کردار کا یہ پہلو کتنا لائق تحسین اور قابلِ اعتبار ہے کہ تیمور ایک وفادار دوست، قابلِ اعتماد امیر اور صاحبِ کردار سردار ہے۔ اس کے گرد و پیش ہم سب محفوظ ہیں۔"

ایلچی بہادر نے کہا۔" یہ سب تو ٹھیک ہے لیکن میں پوچھتا ہوں کہ حسین کا معاف کیا جانا ہم سب کے لئے بہتر بھی ہے؟ کیا امیر حسین رہا ہونے ہی تیمور کے خلاف سازشیں نہیں کرے گا؟"

جاکو برلاس نے منہ بنا کر کہا۔" امیر حسین سازشیں کرے گا اور یقیناً کرے گا۔ اس کی فطرت بچھو جیسی ہے۔ دوست ہو یا دشمن، اس کے ڈنک یکساں وار کریں گے۔"

ایکو تیمور نے کہا۔" بالکل درست! ہمیں رسول اللہ ﷺ کی یہ حدیث نہیں بھولنا چاہیے کہ موذی کو ایذا پہنچانے سے پہلے ہی ہلاک کر دو۔ یہ حدیث انہی لوگوں کے لئے ہے۔"

تیمور نے ان سب کو پاس بلایا۔" یہ تم لوگ اتنی دور کھڑے کیا باتیں کر رہے ہو؟ میرے پاس آؤ اور میرے سامنے باتیں کرو۔"

یہ چاروں تیمور کے پاس چلے گئے۔ حسین ان سب کو رحم طلب نظروں سے دیکھ رہا تھا۔

تیمور نے ایلچی بہادر سے پوچھا۔" یہ تم لوگ کس قسم کے صلاح مشورے کر رہے تھے؟"

ایلچی بہادر نے جواب دیا۔" ایکو تیمور، رسول اللہ کی یہ حدیث بیان کر رہا تھا کہ موذی کو ایذا پہنچانے سے پہلے ہی ہلاک کر دو۔ ہم سب کا خیال ہے کہ یہ حدیث حسین جیسے لوگوں ہی کے لئے ہے۔"

تیمور اپنی بات پر قائم تھا۔" پھر بھی حسین میرا دوست ہے اور میں اپنے عہد کا

پابند رہوں گا۔"

امیر موسیٰ نے کہا۔" ہم سب یہ کہاں کہتے ہیں کہ تو عہد و پیمان کی پابندی نہ کر، ہم تو بس اس تشویش میں بحث کر رہے ہیں کہ اگر تیمور نے امیر حسین کو معاف کر دیا تو اس کی کیا ضمانت ہے کہ حسین ایک بار پھر سازش نہ کرے۔"

حسین نے فوراً کہا۔" اگر تیمور مجھے معاف کر دے گا تو میں وعدہ کرتا ہوں کہ میں خانہ کعبہ چلا جاؤں گا اور بقیہ عمر وہیں گزار دوں گا۔"

ایلچی بہادر نے زور دے کر پوچھا۔" حسین کیا تو سچے دل سے وعدہ کرتا ہے کہ اگر تجھے معاف کر دیا گیا تو تو خانہ کعبہ چلا جائے گا؟"

حسین نے وعدہ کیا۔" میں قرآن پاک کو گواہ بنا کر عہد کروں گا۔"

تیمور نے بے دلی سے کہا۔" اب اس فضول بحث کو بند کیا جائے میں نے حسین سے دوستی کا عہد کر رکھا ہے اور میں اس پر اب بھی قائم ہوں۔ حسین یہیں رہے یا خانہ کعبہ چلا جائے، مجھے اس سے کوئی دلچسپی نہیں۔" وہ حسین پر نظر ڈالے بغیر ہی اپنے خیمے سے ملحق دوسرے خیمے میں چلا گیا۔

تیمور کے جاتے ہی حسین نے کہا۔" اب مجھے جانے دیا جائے کیونکہ مجھے تیمور نے معاف کر دیا ہے۔"

جاکو برلاس نے کہا۔" ہرگز نہیں۔ تیمور نے جاتے جاتے یہ کہا ہے کہ وہ اپنے دوستی کے عہد و پیمان پر اب بھی قائم ہے۔ اس نے یہ نہیں کہا کہ حسین کو رہا کر دیا جائے۔"

حسین نے امیر موسیٰ سے کہا۔" موسیٰ! کچھ تو ہی سفارش کر! یہ ظالم تو میرے خون کے پیاسے نظر آرہے ہیں۔"

ایلچی بہادر نے صاف صاف بات کی۔" دوستو! تیمور نے اپنا فیصلہ سنا دیا۔ اب اس پر عمل درآمد ہو جانا چاہیئے۔"

ایکو تیمور نے کہا۔" میرا بھی یہی خیال ہے۔"

حسین نے حیرت سے پوچھا۔" تیمور نے کیا فیصلہ سنا دیا؟ میں نے تو اس کا فیصلہ نہیں سنا۔"

ایلچی بہادر نے کہا۔" تیمور نے جب یہ کہا کہ وہ اپنی دوستی کے عہد و پیمان پر اب بھی قائم ہے تو اس کا واضح مطلب یہ تھا کہ گو حسین کا جرم ناقابلِ معافی ہے لیکن وہ خود اپنے عہد و پیمان کے احترام میں خاموش رہے گا۔ ہاں ہم لوگ اگر چاہیں تو حسین کو اس کے کئے کی سزا دے

سکتے ہیں۔"

حسین داویلا مچانے لگا۔" یہ مجھ پر زیادتی ہوگی۔ تیمور نے مجھے معاف کر دیا ہے۔"

جاکو برلاس نے حسین کو اڑنگا لگا کر گرا دیا اور اس کے سینے پر بیٹھ گیا' اس نے ایکو تیمور سے کہا۔" ایکو تیمور! تو دیکھتا کیا ہے؟ اس کے منہ پر ہاتھ رکھ دے تاکہ اس کے شور غل کی آواز تیمور کے کانوں تک نہ پہنچے۔"

ایکو تیمور نے حسین کے منہ پر ہاتھ رکھ دیا۔ جاکو برلاس نے ایلچی بہادر سے کہا۔" ایلچی بہادر! تو کھڑا کیا دیکھتا ہے، آگے بڑھ اور ایک ہی وار میں اس دغاباز سازشی کا کام تمام کر دے۔"

ایلچی بہادر نے تلوار کا ایک جچا تلا وار حسین کی گردن پر رسید کر دیا۔ سر دھڑ سے الگ ہو گیا اور حسین کا بے سر کا لاشہ تڑپنے لگا۔ ایکو تیمور اور جاکو برلاس کے کپڑے حسین کے خون سے سرخ ہو گئے۔

امیر موسیٰ ہکا بکا حسین کا عبرتناک حشر دیکھتا رہا۔

کچھ دیر بعد تیمور کو بھی حسین کے انجام کا پتہ چل گیا۔ وہ پھر واپس آ گیا اور حسین کے سرد لاشے کو کچھ دیر کھڑا دیکھتا رہا، پھر امیر موسیٰ سے پوچھا۔" یہ کیا ہوا؟ اسے کس نے قتل کر دیا؟"

امیر موسیٰ نے تیمور کے پیچھے ہٹنے والی بات چیت دہرا دی اور آخر میں کہا۔" جاکو برلاس نے اسے گرا دیا' ایکو تیمور نے اس کے منہ کو بند کر دیا اور ایلچی بہادر کی تلوار نے اس کا کام تمام کر دیا۔"

تیمور نے حکم دیا۔" بہرحال اب اس کو اس کے شایان شان دفن کر دیا جائے۔ میں خود نہ تو ایسا کر سکتا تھا اور نہ ہی ایسا کرنے کا حکم دے سکتا تھا کیونکہ میں نے اس سے دوستی کا عہد کر رکھا تھا۔"

تیمور کے جانے کے بعد امیر موسیٰ نے تینوں سے کہا۔" دوستو! تم تینوں تیمور کے سچے مزاج شناس ہو' میں مان گیا۔"

بلخ کی تسخیر کے بعد تیمور قرشی واپس گیا اور سمرقند کی تسخیر کی تیاریاں کرنے لگا۔

گاشی تایان' خان کی ماں کا علاج تو کیا کرتا' اس نے دونوں منگولوں کو کمبل میں بندھوا کر ہلاک کرا دیا۔ وہ خان کی ماں کے پاس جا کر بیٹھ جاتا اور آنکھیں بند کر کے زیر لب کچھ بڑبڑا کر پھونکیں

اترتا رہتا۔ موسم کی تبدیلی کا خان کی ماں پر بھی اثر ہوا، جس سے خان یہ سمجھ بیٹھا کہ شامان کا سحری علاج اپنا اثر دکھا رہا ہے۔

خان بہت خوش تھا اور اس نے یہ فیصلہ کر لیا تھا کہ وہ اس صلے میں گاشی تایان کو اس طرح نوازے گا کہ تاجیہ کو اپنی بیٹی بنا کر اس کی شاندار طریقے سے شادی کر دے گا لیکن اس دوران معلّم ابنِ حمید بھی خان کے دربار میں پہنچ گیا، فریاد کرتا ہوا بولا۔ "خان! دہائی ہے تیرے ایک ہم قوم نے میرے حق پر ڈاکہ مارا ہے۔ میں انصاف کی طلب میں تیرے پاس آیا ہوں۔"

خان نے پوچھا۔ "کیا تو مسلمان ہے؟"

ابنِ حمید نے جواب دیا۔ "ہاں خان! میں مسلمان ہوں اور قرشی سے آیا ہوں۔"

خان نے پوچھا۔ "اس منگول کا نام بتا جس نے تیرے حق پر ڈاکہ مارا ہے۔"

ابنِ حمید زار و قطار رو رہا تھا۔ اس کی سیاہ داڑھی آنسوؤں سے تر ہو رہی تھی۔ اس نے آنکھیں میچتے ہوئے کہا۔ "اس کا نام گاشی تایان ہے اور وہ خود کو شامان سمجھتا ہے۔"

خان ایک دم اچھل پڑا، ابنِ حمید کو گھورتا ہوا بولا۔ "کیا کہا؟ گاشی تایان شامان؟ یہ تو کیا کہہ رہا ہے؟"

ابنِ حمید نے جواب دیا۔ "خان! میں جھوٹ نہیں بول رہا۔ گاشی تایان میری عزیز از جان محبوبہ تاجیہ کو لے کر بھاگ آیا ہے اور میں طلبِ انصاف کے لئے اس کے تعاقب میں خان کے دربار تک آ گیا ہوں۔"

خان نے نرمی سے کہا۔ "اچھا! اگر یہ بات ہے تو تو سرِ دست میری مہمانی کے مزے لوٹ۔ گاشی تایان میری ماں کا علاج کر رہا ہے۔ تاجیہ بھی اس کے ساتھ ہی آئی تھی۔" پھر ذرا سکوت اختیار کیا، ذرا دیر بعد بولا۔ "تیرے آنے سے پہلے میں نے یہ فیصلہ کیا تھا کہ میں تاجیہ کی شادی گاشی تایان سے کر دوں گا لیکن تیرے بیان سے تاجیہ کا معاملہ مشتبہ ہو گیا ہے۔ اب میں اس وقت تک تاجیہ کا مسئلہ التوا میں رکھوں گا جب تک میں تم تینوں کو آمنے سامنے بٹھا کر پورے معاملے کی چھان بین نہ کر لوں۔" پھر آواز دی۔ "ارے کوئی ہے؟"

پردے کے پیچھے کھڑے ہوئے دو منگول خدمت گار سامنے آ گئے اور جواب دیا۔ "ہم حاضر ہیں۔"

خان نے معلّم ابنِ حمید کی طرف اشارہ کرتے ہوئے کہا۔ "اسے مہمان خانے میں ٹھہرا دیا جائے اور گاشی تایان کی محبوبہ کو گاشی سے اس وقت تک نہ ملنے دیا جائے جب تک میں اس مقدمے کا کوئی فیصلہ نہ سنا دوں۔"

ابھی یہ علاج جاری ہی تھا کہ بلخ کی تیمور کے ہاتھوں تسخیر اور امیر حسین کے قتل کی خبریں سمرقند پہنچ گئیں۔ خان قابلٹر نے خطرات کی بو سونگھ لی اور المالیق کے کوہستان واپس جانے کی تیاری کرنے لگا۔ جھنجلاہٹ اور چڑچڑے پن نے اس کو پریشان کر رکھا تھا۔ اس دوران سرد اور خشک ہواؤں نے خان کی ماں کے مرض میں شدت پیدا کر دی اور وہ چیخیں مار مار کر رونے لگی۔ کاشی سہم گیا کہ خان ناراض ہو کر معلوم نہیں کیا سلوک کرے۔ خان اپنی ماں کو دیکھنے گیا تو کاشی تایان کو ماں کے سرہانے بیٹھے دیکھا۔ خان نے روتی بسورتی ماں کے آنسو پونچھے اور کاشی سے دریافت کیا "کاشی تو یہ کیسا علاج کر رہا ہے کہ ماں کی حالت اور زیادہ خراب ہو گئی۔"

کاشی نے جواب دیا۔ "خان! معلوم نہیں کیا بات ہے کہ میں ایک سحر کا اثر زائل کرتا ہوں تو دوسرا سحر کام کر جاتا ہے میری سمجھ میں نہیں آتا کہ اس کو میں رد کروں کس طرح۔"

خان نے افسردگی سے کہا۔ "تیمور نے بلخ کو فتح کر لیا، امیر حسین قتل کر دیا گیا اب میں خود بھی یہاں زیادہ عرصے نہیں رہ سکتا۔"

کاشی نے پوچھا۔ "پھر خان کہاں جائے گا؟"

خان نے جواب دیا۔ "شمال مشرق کے کوہستانی سلسلوں میں چلا جاؤں گا۔ میرے ساتھ تجھے بھی چلنا ہو گا۔"

کاشی نے درخواست کی۔ "اگر خان مجھے سمرقند میں رہنے دے تو بڑا کرم ہو گا۔"

خان نے جواب دیا۔ "میں تو تجھے یہیں چھوڑ دیتا لیکن قرشی سے ایک نوجوان معلم آیا ہے اور وہ اس بات کا دعوے دار ہی نہیں، فریادی بھی ہے کہ تو نے تاجیہ کو اپنی محبوبہ بنا کر اس کے حق پر ڈاکہ مارا ہے۔ وہ میرے مہمان خانے میں ٹھہرا ہوا ہے اور میں نے تاجیہ پر پابندی لگا دی ہے کہ جب تک اس مقدمے کا فیصلہ نہ ہو جائے وہ تجھ سے نہیں ملے گی۔"

کاشی تایان نے کہا۔ "جب مجھے تاجیہ سے نہیں ملنے دیا گیا تو میں یہ سمجھا کہ شاید خان اس وقت تک پابندی عائد رکھے گا جب تک اس کی ماں صحت یاب نہیں ہو جاتی لیکن اب یہ معلوم ہوا کہ ذلیل معلم یہاں بھی آ گیا ہے۔"

خان نے پوچھا۔ "کیا تو اس سے واقف ہے؟"

کاشی نے جواب دیا۔ "خوب اچھی طرح! وہ اسلامی تعلیمات کا زبردست معلم ہے اور اس نے مجھے یہ بتایا تھا کہ جب انسان مر جاتا ہے اور لوگ اسے زمین میں دفن کر دیتے ہیں تو قبر میں دو فرشتے سوال جواب کرنے آتے ہیں، پھر اگر مرنے والا ان کے سوالات کے صحیح صحیح جوابات دے دیتا ہے تو خدا اسے جنت عطا کرتا ہے اور اگر جوابات غلط دیئے جاتے ہیں تو اس کے لئے جہنم کا در کھل جاتا ہے۔"

خان نے کچھ سوچتے ہوئے کہا۔" تو یہ بات ہے۔ گویا یہ معلّم بڑے کام کا انسان ہے!"

گاشی نے جواب دیا۔" لیکن قبر کے سوال جواب مجھے بھی آتے ہیں اور معلّم ابن حمید اس سلسلے میں مجھ سے زیادہ نہیں جانتا ہوگا۔"

خان نے اس وقت معلّم کو بھی طلب کر لیا۔ جب ان دونوں کا سامنا ہوا تو دونوں ہی مشتعل ہو گئے۔ گاشی نے کہا۔" او احمق اور ناعاقبت اندیش معلّم! تجھے میرا پیچھا نہیں کرنا چاہیئے تھا۔"

معلّم ابن حمید نے غصّے سے کہا۔" تو میرا شاگرد ہے تجھے مجھ سے یوں ہم کلام نہیں ہونا چاہیئے۔ اگر تو اب بھی تاجیہ کو میرے حوالے کر دے تو میں قرشی واپس چلا جاؤں گا۔"

گاشی نے جواب دیا۔" ایسا نہیں ہو سکتا۔ تاجیہ میری ہے اور میری ہی رہے گی، اگر میں تاجیہ کو تیرے حوالے کر بھی دوں، تو وہ خود تیرے ساتھ جانے پر آمادہ نہ ہوگی۔"

معلّم نے حقارت سے کہا۔" یہ تیری خام خیالی ہے۔ اسے یہیں بلوالے اور خان کے سامنے اس سے پوچھ لے کہ وہ کس کے ساتھ رہنا پسند کرے گی۔"

خان کی آنکھوں میں چمک پیدا ہو گئی بولا۔" میں یہیں تاجیہ کو بلائے لیتا ہوں۔ وہ خود ہی بتادے گی کہ کس کے ساتھ رہنا پسند کرے گی۔"

خان نے اسی وقت تاجیہ کو طلب کر لیا۔ اس نے گاشی اور معلّم ابن حمید کو آمنے سامنے بیٹھے دیکھا تو پریشان ہو گئی۔

خان نے اس سے پوچھا۔" تاجیہ! یہ دونوں تیرے دعوے دار ہیں کیا تو بتا سکتی ہے کہ تو خود ان دونوں میں سے کسے پسند کرتی ہے؟"

تاجیہ نے فوراً ہی فیصلہ سنا دیا۔" گاشی تابان، تائی جوت کے شامان کو۔"

گاشی مارے خوشی کے اچھل پڑا لیکن معلّم ابن حمید نے تاجیہ کا فیصلہ نہیں مانا، بولا۔" یہ جھوٹ کہتی ہے۔ یہ منگولوں کے درمیان دباؤ میں ہے اس لیئے اس ماحول میں کوئی آزادانہ فیصلہ نہیں کر سکتی۔"

اسی لمحے مخبروں نے خان کو مطلع کیا کہ تیمور سمرقند کے لئے دو چار دن میں روانہ ہو جائے گا اس لئے جنگ کی تیاری تیز کر دی جائے۔

خان ابھی جنگ نہیں کرنا چاہتا تھا اس لئے عام اعلان کر دیا کہ منگولوں کو اپنے کوہستانی مسکن المالیق واپس جانا ہے اور کل سہ پہر تک سمرقند کو خالی کر دینا چاہیئے تاکہ آزادی سے منگولوں کو نکال لے جایا جاسکے پھر ان تینوں سے کہا۔" تم تینوں بھی میرے ساتھ المالیق چلو میں

اس مقدمہ کا فیصلہ بھی وہیں سناؤں گا۔ جاؤ اور چلنے کی تیاری کرو۔"

خان اور اس کی قوم نے واپسی کی تیاریاں اتنی تیزی سے کیں کہ دوسرے دن ظہر تک سمرقند کو چھوڑ دیا اور المالیق کی طرف روانہ ہو گئے۔

سمرقند کا خالی ہو جانا تیمور کے حق میں نیک فال تھا۔ اب پوری وادی میں اس کا ایک بھی حریف موجود نہیں تھا۔ وہ اپنے ساتھیوں اور افواج کے ساتھ دوبارہ بلخ کی طرف روانہ ہو گیا۔ اب اس کے دوست اور اچھے برے زمانے کے ساتھی، جاں نثار اور رفیق کار اسے مجبور کر رہے تھے کہ وہ اپنی شہنشاہیت کا اعلان کر دے لیکن خود تیمور کو یہ بات ذرا بھی پسند نہ آئی۔ اس نے اعلان کیا کہ بلخ میں قرولتائی منعقد ہوگی اور اس میں یہ فیصلہ کیا جائے گا کہ ہم کسے اپنا بادشاہ بنائیں اور کس کے حکم پر اپنی جانیں قربان کر دیں۔

قرولتائی میں شرکت کے لئے چاروں طرف سے لوگوں کی آمد شروع ہو گئی۔ پہاڑوں میں رہنے والوں نے بھی اپنے مسکنوں کو چھوڑ کر بلخ کا رخ کیا۔ بلخ کے میدانوں میں خیموں کی بہار آئی ہوئی تھی۔ یہیں زین الدین بھی پہنچ گئے اور قرولتائی میں شریک سرداروں نے بحث کا آغاز کر دیا۔ ایک نے کہا۔" ہمیں اپنا بادشاہ یا شہنشاہ چننے سے پہلے اس بات کا خیال ضرور رکھنا ہے کہ خانِ اعظم کوئی ایسا آدمی ہونا چاہئے جو چنگیز خان کے خاندان سے ہو کیونکہ اب تک بزرگوں سے یہی ہوتا چلا آیا ہے۔"

کسی دوسرے سردار نے کہا۔" اور ہمارے لئے خان کو چنگیز خان کے یاسا پر چلنے کی قسم ضرور کھانی پڑے گی۔"

اس بحث و مباحثے کے دوران ایک مسلمان درویش اٹھ کھڑا ہوا، بولا۔" تم لوگ پاگل تو نہیں ہو گئے ہو۔ اب پورے ماوراء النہر کا ایک ہی حکمران ہے بلکہ توران کا بھی، اور اس کا نام ہے تیمور۔ تیمور مسلمان ہے اور یہ قانونِ اسلام کے صریحاً خلاف ہے کہ امتِ محمدیؐ کسی غیر مسلم کی تابع ہو کر رہے۔"

ایک جلائیر نے کہا۔" لیکن چنگیز خان کے تابع ہو کر تو یہ لوگ رہ چکے ہیں۔"

درویش نے جواب دیا۔" اس نے تلوار کے زور سے مسلمانوں کو تابع کیا تھا لیکن آج ہم میں تیمور موجود ہے اور میں دعوے سے کہہ سکتا ہوں کہ تیمور کی تلوار کا زور چنگیز خان کی تلوار سے کسی طرح بھی کم نہیں۔"

اس میں صوفی زین الدین بھی موجود تھے، وہ اٹھ کھڑے ہوئے اور بولے۔" لوگو! تم

تیمور کے علاوہ کس کا نام پیش کروگے؟ میرے خیال میں تو ایک نام بھی ایسا نہیں جو تیمور سے لگا کھاتا ہو۔ میں جانتا ہوں کہ تم سب حسین سے خوفزدہ تھے اور پناہ کی تلاش میں کوہستانوں اور صحراؤں کی خاک چھانتے رہتے تھے لیکن تیمور نے تمہیں اس خطرے سے بھی نجات دلادی۔ اس کے اس کارنامے میں مزے کا پہلو یہ ہے کہ حسین کی سرکوبی کے سلسلے میں تیمور نے تم سے کوئی مدد بھی نہیں مانگی۔" پھر قدرے خاموش رہ کر دوبارہ مخاطب کیا۔ "لوگو! ابھی تک تو میں نے تمہیں تاتاری سمجھ کر مخاطب کیا تھا، مگر اب میں مسلمان کی حیثیت سے بات کر رہا ہوں۔ میں بھی تیمور کو پورے ماوراالنہر اور توران کا حکمران تسلیم کرتا ہوں۔ اس معاملے میں تمام شیوخ اور علماء میرے ہم خیال ہیں۔"

جاکو برلاس، امیر موسیٰ، ایکو تیمور اور ایلچی بہادر نے اچانک کھڑے ہو کر تیمور کا بازو پکڑ لیا اور فرطِ جذبات میں کہا۔ "بس فیصلہ ہو چکا اب تو اپنے خاص خیمے میں چل! ہم سب تیرے در پر اطاعت گزاروں کی طرح حاضری دیں گے۔"

تیمور اپنے خیمے میں چلا گیا۔ سرداروں نے خیمے کے در پر حاضری دی اور دو زانو ہو کر اپنی اطاعت کا یقین دلایا۔ اندر داخل ہو کر امیر موسیٰ نے ایک بار پھر تیمور کا بازو تھاما اور سفید نمدے کے فرش پر لے جا کر بٹھا دیا یہ فرش ایک اونچی چوکی پر بچھا ہوا تھا۔ زین الدین کلام پاک کا نسخہ ہاتھ میں لے کر کھڑے ہو گئے اور جو سردار بھی تیمور سے مصافحہ کرنے گیا، زین الدین نے مصحفِ آسمانی پر اس کا ہاتھ رکھوا کر وفاداری کی قسم لے لی۔

جب یہ رسم ادا ہو چکی تو صوفی زین الدین نے، تیمور کے روبرو کھڑے ہو کر اعلان کیا۔ "تیمور! مشیتِ ایزدی کو یہ منظور ہے کہ تم فاتح بنو اور طاقت حاصل کرو۔ اسلام کو تمہارے ذریعے تقویت پہنچے گی اس لئے میں تمہیں اپنا اور عالمِ اسلام کا بادشاہ ......"

تیمور نے فوراً بات کاٹ دی، بولا۔ "بادشاہ نہیں، امیر۔ اب میں زیادہ سے زیادہ امیر تیمور ہوں۔" اس کے بعد تیمور نے اپنے سرداروں سے کہا۔ "میں جاکو برلاس کو اپنا تاداچی (ایڈی کانگ) بناتا ہوں۔ اسے علم برداری اور نقارہ باشی کا اعزاز حاصل رہے گا۔"

ایلچی بہادر، ایکو تیمور اور امیر موسیٰ نے جاکو برلاس کو باری باری سینے سے لگا لیا اور مبارکباد دی۔

خان کو المالیق کے کوہستانی مسکن میں جب یہ خبر ملی کہ ماوراالنہر اور توران سے منگولوں کے حقِ حکومت کو مسترد کر کے تیمور کو امیر بنا لیا گیا ہے تو وہ نیم پاگل سا ہو گیا۔ اس پریشانی میں

اس کی ماں کی حالت بھی کچھ زیادہ خراب ہو گئی۔ وہ گاشی تایان پر برس پڑا کہ آخر وہ خان کی ماں کو اچھا کیوں نہیں کرتا؟

معلّم ابن حمید نے کہا۔" گاشی جاہل ہے، اسے کچھ آتا ہی نہیں، یہ تیری ماں کو اچھا کیا خاک کرے گا، ہاں ہلاک ضرور کر دے گا۔"

اب گاشی تایان کی حالت ہمدردی کی طالب تھی۔ اس نے معلّم کی خوشامد کی ـــ "ابن حمید! خدا کے لئے تو خاموش رہ اور خان کی نظر میں مجھے خوار نہ کر آخر ان باتوں سے تجھے کیا ملے گا؟"

معلّم نے جواب دیا۔" تاجیہ کا پیچھا چھوڑ دے۔ میں اسے لے کر سمرقند چلا جاؤں گا۔"

گاشی نے کہا۔" یہ نہیں ہو سکتا۔"

ابن حمید نے جواب دیا۔" پھر میرے حملوں سے ہوشیار رہ! میں تجھے معاف نہیں کروں گا۔"

خان نے ترش روئی سے کہا۔" گاشی تو فضول باتیں نہ کر۔ میری ماں کو صحت یاب کر۔ اب میں زیادہ برداشت نہیں کر سکتا۔"

اسی لمحے اندر سے خبر آئی کہ خان کی ماں نیلے جاودانی آسمان کی وسعتوں میں گم ہو چکی ہے۔ خان فوراً اندر گیا اور ماں کے سرہانے کھڑے ہو کر بڑے افسوس سے کہا۔" ماں! گاشی تایان تجھے ٹھیک نہ کر سکا میں اسے اس کی کوتاہی سزا ضرور دوں گا۔"

خان اپنی ماں کے جسدِ مردہ کو چھوڑ کر باہر آ گیا اور اپنے خدمت گاروں کو حکم دیا ـــ "المالیق کے گلی کوچوں میں اعلان کر دو کہ خان کی بوڑھی ماں گاشی تایان کے ہاتھوں نیلے جاودانی آسمان کی وسعتوں میں چلی گئی اور خواب میں مجھ سے کہہ گئی ہے کہ اس کے روحانی معالج گاشی تایان کو ہرگز ہرگز معاف نہ کیا جائے۔"

"اس اعلان کو گاشی تایان نے بھی سنا اور اپنی زندگی سے مایوس ہو گیا۔ معلّم ابن حمید بہت خوش تھا۔ اسے یقین تھا کہ گاشی تایان کے بعد تاجیہ کا حقدار اس کے سوا کوئی بھی نہیں۔

المالیق کے منگول اس جگہ جمع ہو گئے جہاں صنوبر کے درختوں کا گھنا سایہ تھا اور اس سائے میں خان کی بوڑھی ماں کی قبر کھودی جا رہی تھی۔ بوڑھے ـ جوان، بچے مرد اور عورتیں سبھی سوگوار تھے اور مرنے والی کی آخری رسوم میں شریک ہو کر اپنے غم کا اظہار کر رہے تھے۔

خان قابلشر نے قبر کا معائنہ کیا اور کھودنے والوں کو ہدایت کی۔ "قبر کو اتنا چوڑا کیا جائے کہ اس میں میری ماں کی خادمائیں بھی سما سکیں۔ کیونکہ دوسری دنیا میں میری ماں خدمت گاروں کے بغیر کس طرح رہ سکتی ہے؟"

جب قبر اتنی چوڑی کردی گئی کہ اس میں چالیس پچاس عورتیں مزید سما جائیں تو خان کی مرحوم ماں کی خدمت گار عورتوں کا ریوڑ بھی ہنکا کر لایا گیا۔ یہ سب پچاس کے لگ بھگ تھیں۔

خان نے پوچھا۔ "کیا سب عورتیں آگئیں؟"

ایک خدمت گار نے جواب دیا۔ "ہاں، سب آگئیں۔"

خان نے ان عورتوں کو اپنے سامنے کھڑا کیا اور انہیں بتایا۔ "عورتو! تم سب میری ماں کی زندگی میں ان کی خدمت گار رہ چکی ہو، اب میری ماں نیلے جاودانی آسمان پر چلی گئی۔ میں سوچتا ہوں کہ وہاں دوسری دنیا میں، میری بوڑھی ماں کی خدمت کون کرے گا؟"

عورتیں خاموش کھڑی رہیں۔ خان بولتا رہا۔ "چنانچہ میں نے فیصلہ کیا ہے کہ جو عورتیں میری ماں کی زندگی میں اس کی خدمت گار رہ چکی ہیں، وہی دوسری دنیا میں بھی اس کی خدمت گاری کریں گی۔"

عورتوں نے رونا اور چیخنا چلانا شروع کردیا لیکن خان پر اس کا کوئی اثر نہ ہوا۔

گاشی تایان پر بھی عورتوں کی گریہ و بکا کا کوئی اثر نہ ہوا کیونکہ وہ ان مناظر کا پہلے بھی کئی بار نظارہ کرچکا تھا لیکن معلّم ابنِ حمید سراسیمہ تھا۔ اسے ان عورتوں پر رحم آرہا تھا۔ اس نے اس نازک وقت پر خان کے سامنے اسلام کی تبلیغ کی، بولا۔ "خان! اگر تو اسلام قبول کرلے تو دوسری دنیا میں تیرے اعمال ہی تیری خدمت گاری کے فرائض انجام دیں گے۔"

خان نے حیرت سے پوچھا۔ "وہ کس طرح؟"

معلّم ابنِ حمید نے جواب دیا۔ "افسوس تو نہیں جانتا کہ دوسری دنیا میں انسان کے اعمال ہی اس کے مونس و ہمدرد ہوتے ہیں۔ یہ خدمت گار عورتیں تیری ماں کے لئے بے کار ہیں کیونکہ ہر شخص کو دوسری دنیا میں اپنے اعمال کا بوجھ خود ہی اٹھانا پڑے گا۔"

خان نے گاشی تایان کی طرف دیکھا اور پوچھا۔ "گاشی تایان یہ کیا کہہ رہا ہے؟ ذرا اس کی باتوں کا مطلب تو سمجھا مجھے۔ اس کی باتیں میری سمجھ میں نہیں آرہیں۔"

گاشی تایان نے جواب دیا۔ "خان! معلّم ابن حمید مسلمان ہے اور مسلمانوں کا خیال ہے کہ جب مرنے کے بعد انسان کو قبر میں اتار دیا جاتا ہے تو وہاں دو فرشتے آتے ہیں اور وہ مرنے

والے سے سوال و جواب شروع کر دیتے ہیں۔ فرشتوں کے سوالات عربی زبان میں ہوتے ہیں۔ اگر فرشتوں کو صحیح صحیح جواب مل جاتے ہیں تو وہ اسے جنت میں لے جاتے ہیں، جہاں انسان کی خدمت اور عیش و آرام کے لئے حوریں ہوتی ہیں، غلمان ہوتے ہیں اور دوسری نعمتیں ہوتی ہیں، لیکن اگر جواب صحیح نہیں دیے جاتے تو وہی فرشتے اسے دوزخ میں لے جاتے ہیں، جہاں طرح طرح کا عذاب دیا جاتا ہے۔"

خان نے خدمت گار عورتوں کی طرف دیکھتے ہوئے پوچھا۔ "اور یہ عورتیں؟ وہاں کیا کریں گی؟ یہ میری ماں کی خدمت نہیں کریں گی؟"

معلّم ابن حمید نے جواب دیا۔ "نہیں، یہ بیکار ہیں۔ یہ قبر میں دم گھٹ جانے کی وجہ سے مر جائیں گی اور وہی فرشتے ان سب سے بھی سوالات کرنا شروع کر دیں گے۔"

خان نے پوچھا۔ "پھر کیا ہوگا؟"

گاشی تایان نے جواب دیا۔ "پھر کیا ہوگا؟ خان! اس سوال کا جواب صرف میرے پاس ہے، معلّم ابن حمید کے پاس اس کا کوئی جواب نہیں۔ یہ مسلمان ہے اس لئے یہی کہے گا کہ انسان پہلے مسلمان ہو جاتے پھر دین اور دنیا کا علم حاصل کرے، عقائد سے آگاہی حاصل کرے، قبر کے فرشتوں کے سوالات معلوم ہونا چاہئیں، تاکہ ان کے جوابات زندگی ہی میں رٹ کر قبر کے امتحان میں کامیابی حاصل کی جاتے۔ اب چونکہ خان کی ماں مسلمان نہیں تھی اور وہ عربی زبان سے بھی واقف نہیں، اور اگر عربی زبان سے واقف بھی ہوتی تو اسے یہ معلوم نہیں کہ فرشتے سوالات کیا کریں گے اور ان کے جوابات کیا ہوں گے اس لئے خان کی ماں کے لئے یہ ساری باتیں بے کار بلکہ فضول ہیں۔"

خان نے شک و شبہے سے پوچھا۔ "کیا قبر میں واقعی ایسا ہوتا ہے؟"

معلّم ابن حمید خوش ہو گیا۔ اس کو امید پیدا ہو گئی تھی کہ خان کا شک و شبہ شاید اسے دائرۂ اسلام میں لے آتے اور اگر خان مسلمان ہوگا تو یہ عظیم الشان نیکی ابن حمید کے نامۂ اعمال میں لکھ دی جاتے گی۔ بے ساختہ بولا۔ "خان! تو یقین کر، قبر میں ایسا ہی ہوتا ہے۔"

خان نے بڑی تشویش سے کہا۔ "اگر ایسا ہوتا ہے تو میری ماں کا کیا بنے گا؟ کیا فرشتوں کے سوالات کے جوابات نہ دے کر میری ماں کو دوسری دنیا میں مصیبتیں جھیلنا ہوں گی؟ نہیں ایسا نہیں ہونا چاہئے۔ اس کا کوئی حل؟ اس مصیبت سے بچنے کی کوئی تدبیر؟"

معلّم ابن حمید نے جواب دیا۔ "افسوس کہ اب اس کا کوئی حل نہیں۔"

گاشی تایان نے کہا۔ "لیکن میرے پاس اس کا حل موجود ہے۔ خان کی ماں کو قبر کے

امتحان میں کامیاب کیا جا سکتا ہے؟"

معلّم ابن حمید نے چونک کر گاشی تایان کو دیکھا۔ خان نے جلدی سے پوچھا "جلدی بتا اپنا وہ حل جس سے میری ماں کو فائدہ پہنچ سکتا ہے؟"

گاشی تایان نے معلّم ابن حمید پر زبردست وار کیا، بولا۔" اگر معلّم ابن حمید کو خان کی ماں کے ساتھ ہی دفن کر دیا جائے تو یہ دونوں فرشتوں کے سوالات کے جوابات صحیح صحیح دے سکے گا کیونکہ یہ عربی بھی جانتا ہے اور ان سوالات کے صحیح صحیح جوابات بھی۔ جو قبر کے دونوں فرشتے کرتے رہتے ہیں۔"

معلّم ابن حمید چکرا گیا، لیکن فوراً ہی سنبھل کر جوابی حملہ کر دیا، بولا۔" خان محترم! گاشی تایان درست کہتا ہے لیکن قبر کے دونوں فرشتوں کے سوالات اور ان کے جوابات میں نے گاشی تایان کو بھی رٹا دیے ہیں۔ خان کو چاہیے کہ اپنی ماں کے ساتھ گاشی تایان کو دفن کر دے اور مجھے اپنے لئے زندہ رکھے، کیونکہ خان کو بھی تو ایک مجھ جیسے معلّم کی ضرورت پیش آئے گی اور میں خان کی قبر میں اس کی طرف سے فرشتوں کو جوابات دے کر بڑی خوشی محسوس کروں گا۔"

خان خوشی سے اچھل پڑا۔" سمرقند کے معلّم! تو درست کہتا ہے۔ میری ماں کے لئے گاشی تایان اور میرے لئے تو خود۔ بالکل ٹھیک۔" اس کے بعد اپنے آدمیوں کو حکم دیا "میری ماں کے ساتھ خدمت گار عورتوں اور گاشی تایان کو بھی دفن کر دیا جائے۔"

گاشی تایان چیخا۔" رحم خان، رحم!"

معلّم ابن حمید نے کہا۔" اب جبکہ گاشی تایان خان کی ماں کے ساتھ دفن ہو رہا ہے تو ان خدمت گار عورتوں کو دفن کرنے سے حاصل؟"

خان نے جواب دیا۔" محض اس لئے کہ اگر میری ماں اپنے امتحان میں کامیاب بھی ہو گئی اور اسے فوراً ہی خدمت گار نہ مل سکے تو یہ عورتیں میری ماں کی خدمت کر سکیں گی۔"

معلّم ابن حمید زیادہ الجھن میں نہیں پڑنا چاہتا تھا۔ اس کا مقصد پورا ہو چکا تھا۔ یعنی گاشی تایان کا اپنی راہ سے صفایا، اس لئے اس کے خیال میں اب جو کچھ ہو رہا تھا، اسے جلد از جلد ہو جانا چاہیئے تھا۔

خان کی ماں کو قبر میں اتار دیا گیا اور اس کے ساتھ ہی ان خدمت گار عورتوں کو بھی، جن کی قسمتوں میں خان کی ماں کے لئے دونوں دنیاؤں کی خدمت گاریاں لکھی جا چکی تھیں۔ وہ رو رو کر احتجاج کر رہی تھیں۔ بعض طاقتور اور زبردست مزاجی قوت کی مالک عورتوں نے قبر سے نکلنے کی کوشش کی تو انہیں نیزے چبھو کر قبر میں گرا دیا گیا۔

اب گاشی تایان کی باری تھی۔ اس کا دماغ بچاؤ کے امکانات سوچتے سوچتے تھک چکا تھا اور اب اسے مرنے کے سوا کوئی اور صورت نہیں نظر آتی تھی۔ اس سے پہلے کہ اسے بھی قبر میں گرا دیا جاتا ایک مدھم سی امید کی کرن کے سہارے اس نے کہا۔ "خان! میں شامان ہوں، ذرا دیر بعد میں تیری ماں کے ساتھ دوسری دنیا میں ہوں گا۔ کیا تو مجھے اتنی مہلت دے گا کہ میں تیری بابت اور تیری قوم کے لئے کارکنانِ قضا و قدر کے ان فیصلوں کو معلوم کرلوں، جو آنے والے دنوں میں نافذ ہونے والے ہیں؟"

خان نے جواب دیا۔ "چل تجھے اتنی مہلت دیتا ہوں، جو کہ تو یہ سب بتا دے!"

گاشی تایان دونوں کانوں پر ہاتھ رکھ کر قبر کے کنارے آنکھیں بند کر کے بیٹھ گیا۔ خان، معلّم ابنِ حمید اور دوسرے منگول بڑی دلچسپی سے یہ منظر دیکھنے لگے۔

گاشی تایان کے چہرے پر مُردنی چھائی ہوئی تھی اور وہ غیر معمولی طور پر تھکا تھکا سا دکھائی دے رہا تھا۔ معلّم ابن حمید ڈر رہا تھا کہ کہیں اس آخری لمحے میں کوئی ایسا وار نہ کر جائے جس کی زد اس پر پڑے اور اس کا کوئی توڑ بھی نہ ہو۔ خان نے سختی سے کہا۔ "گاشی تایان! خبردار جو تو نے سب کچھ صاف صاف نہ بتایا۔ جو کچھ معلوم ہو، صاف صاف بتا دینا۔ میرا اپنا مستقبل، منگولوں کا مستقبل اور تیمور کا کل؟"

گاشی تایان نے کہنا شروع کیا۔ "نیلے جاودانی آسمان تلے سرگوشیاں جاری ہیں۔ وہ کہہ رہی ہیں کہ شامان کو دفن نہ کیا جائے۔ وہ یہ بھی کہہ رہی ہیں کہ تیمور اس صورت میں خان اور اس کی قوم کے حق میں بلائے بے درماں ثابت ہوگا جبکہ شامان کو قبر میں زندہ دفن کر دیا جائے۔ میں نیلے جاودانی آسمان تلے ایسی سرگوشیاں سن رہا ہوں، جو سسکیوں سے مشابہ ہیں۔ ان میں خانِ اعظم چنگیز خان، اوغدائی، تولی، چغتائی خان اور جوجی خان کی آہ و بکا بھی شامل ہے۔ خان قابلتر! دیکھ یہ روحیں کیا کہہ رہی ہیں؟ یہ کہتی ہیں کہ تو تائی جوت کے شامان گاشی تایان کو اپنی ماں کے ساتھ مت دفن کر۔ ہاں، معلّم ابن حمید البتہ اس کا مستحق ہے!"

گاشی تایان چپ ہو گیا۔ معلّم ابنِ حمید خان کی صورت دیکھنے لگا۔ وہ خان کے چہرے کے تاثرات سے یہ اندازہ لگانے کی کوشش کر رہا تھا کہ گاشی تایان کی باتوں نے اسے کس حد تک متاثر کیا ہے۔

خان نے شامان سے غیر جذباتی لہجے میں کہا۔ "اور کچھ یا بس؟"

گاشی تایان نے کہا۔ "آخری بات یہ کہ اگر مجھے چھوڑا نہ گیا تو خان کی نسل تباہ و برباد ہو جائے گی اور منگول، ماضی کا ایک حصہ بن کر رہ جائیں گے۔ تیمور اور اس کی قوم ان کی جگہ

لے لے گی۔"

خان نے اپنے آدمیوں کو حکم دیا۔" اس جھوٹے شامان کو میری ماں کے ساتھ دفن کر دیا جائے کیونکہ نہ تو یہ میری ماں کا علاج کر سکا اور نہ ہی اب اس کی پیش گوئیاں قابل یقین رہ گئی ہیں۔ نیلے جادو والی آسمان کے فیصلے مشروط نہیں ہوتے۔ اگر مجھے اور میری قوم کو تباہ و برباد ہی ہونا ہے تو اس شامان کو اپنے ساتھ رکھنے سے یہ بربادی رک نہیں جائے گی اور اگر پُراسرار، نہ سنائی دینے والی سرگوشیوں میں تیمور اور اس کی قوم کے عروج و اقبال کی بشارتیں دی گئی ہیں تو اس عروج اور اقبال کو کسی طرح روکا نہیں جا سکتا۔"

خان کے آدمیوں نے گاشی تایان کو قبر میں دھکیل دیا۔ وہ پوری قوت سے چیخا اور رحم کی درخواست کرنے لگا لیکن خان کا دل نہیں پسیجا۔ خان کی ماں کی خدمت گار عورتیں ابھی تک چیخ چلا رہی تھیں۔ انہی آوازوں میں شامان کی آواز بھی شامل ہو گئی۔

خان کے دوسرے حکم پر قبر کو بند کیا جانے لگا۔ خان کے آدمی چاروں طرف سے بڑی چستی اور تن دہی کے ساتھ مٹی کو قبر میں گرانے میں مشغول تھے۔ یہ مٹی قبر میں موجود عورتوں اور گاشی تایان کے کھلے منہ اور آنکھوں میں داخل ہو گئی، جس سے ان کی بینائی اور گویائی چھن گئی۔ ان کے مجبور اور بے بس جسم سعی ناتمام کرتے کرتے بتدریج نظروں سے اوجھل ہوتے چلے گئے۔

جب قبر بند ہو گئی تو خان کے آخری حکم پر اسے پختہ کیا جانے لگا اور یہ ایک ایسا حکم تھا جو پہلے کبھی نہیں دیا گیا تھا۔

خان نے معلم ابن حمید سے پوچھا۔" کیا تجھے یقین ہے کہ یہ شامان قبر کے فرشتوں کو میری ماں کی بابت مطمئن کر دے گا؟"

معلم نے جواب دیا۔" بالکل، بالکل۔ میں نے فرشتوں کے سارے سوال و جواب اس کو اچھی طرح رٹا دیے تھے۔"

خان نے اطمینان سے کہا۔" اچھا اب تو میری خاطر، میرے لئے زندہ رہ۔"

معلم نے خوف کی ایک لہر سی محسوس کی، پوچھا۔" لیکن اب تاجیہ کو تو میرے حوالے کر دیا جائے گا؟"

خان نے جواب دیا۔" میں نے کہہ جو دیا کہ اب تو میرے لئے زندہ رہ۔ تو تاجیہ کو لے کر کیا کرے گا؟ وہ تو گاشی تایان کی امانت ہے۔ اگر گاشی مجھے اس کی اجازت دے دے گا کہ تاجیہ تیرے حوالے کر دی جائے تو میں اسے بے چون و چرا تیرے حوالے کر دوں گا۔"

معلم نے پریشان ہو کر کہا۔" لیکن گاشی تو قبر میں مر چکا ہوگا۔"

خان نے جواب دیا۔ "نہیں، وہ بری طرح فرشتوں کو ان کے سوالات کے جوابات دے رہا ہوگا۔"

معلم کے جسم سے روح نکلنے لگی، بولا۔ "خان کا ارشاد درست لیکن اب وہ اس دنیا میں واپس نہیں آئے گا۔"

خان نے اطمینان سے جواب دیا۔ "اگر وہ واپس نہیں آئے گا تو نہ آئے، میں تاجیہ کو تو اس کے پاس بھیج سکتا ہوں۔"

اب معلم ابن حمید کمزور مکھی کی طرح خان کے مضبوط جال میں پھنسا پھڑپھڑا رہا تھا تاجیہ کو اس کی مرضی کے خلاف خان کی عورتوں میں شامل کر دیا گیا۔ خان کی نظر میں تاجیہ ایک ایسی امانت تھی، جس کا مالک اسے خان کے حوالے کر کے مر چکا تھا اور اب وہ خان پر گویا جائز ہو چکی تھی۔

قرولتائی میں تیمور کو امیر تسلیم کر لیا گیا تھا۔ ایک ایسا امیر جس کے بادشاہ تک باج گزار قرار پاتے۔ شامان کی پیش گوئی کی حقیقت کا کچھ پتہ نہیں کہ اس نے جو کچھ کہا تھا، اس میں صداقت کتنی تھی اور عیاری کتنی لیکن اس کے بعد تیمور کی اقبال مندی اس کے دشمنوں کو زیر کرتی چلی گئی۔ اس نے خوارزم زبردستی چھین لیا۔ مشرق میں کابل و کاشغر اس کے آگے سرنگوں ہو گئے۔ المالیق کو ویران کر دیا گیا اور خان قابلشاہ اپنی سپاہ اور معلم ابن حمید کے ساتھ ایسا معدوم ہوا کہ پھر اس کا کوئی پتہ نہ چلا۔ تاشقند کے شمال مغرب میں جوجی خان کی نسل کو تہہ بالا کر دیا گیا۔ تیمور ان کے تعاقب میں قطب شمالی کے قریب ان حصوں میں داخل ہو گیا، جہاں عموماً سائے لمبے ہی رہتے ہیں۔ اس نے منگولوں کو ان کے مسکنوں سے نکال نکال کر یوں تباہ و برباد کیا جس طرح ماہر شکاری جنگلوں اور کچھاروں میں چھپے ہوئے شکار کو ہنکا کر باہر نکالتے اور پھر انہیں ہلاک کر دیتے ہیں۔ تیمور نے منگولوں ہی کو نہیں، ہر اس رکاوٹ کو نیست و نابود کر دیا جو اس کی راہ میں مزاحم ہوئی یا جس نے اس کا راستہ روکنے کی کوشش کی۔ اس نے حلب، دمشق، بغداد اور مصر کو بزور شمشیر فتح کیا، وہ برصغیر میں بھی آیا اور ترکی کی برق خاطف (بایزید یلدرم) کو اپنا اسیر بنا لیا۔ اس نے اپنے دشمنوں کو مرعوب اور خوفزدہ کرنے کے لئے سروں کے منارے بنوائے۔ جنہیں کلہ مینار کہا جاتا تھا۔

تیمور نے ہمیشہ اپنے دشمنوں کو اس بات کا موقع دیا کہ اگر وہ چاہیں تو اس کے غیظ و غضب سے بچ سکتے ہیں۔ ہر محاصرے کے پہلے دن وہ اپنے خیمے پر سفید جھنڈا لہرا دیا کرتا

جس کا مطلب تھا کہ اگر شہر کے باشندے چاہیں تو اس کی اطاعت اختیار کر کے تباہی سے بچ جائیں۔ دوسرے دن سفید جھنڈے کی جگہ سرخ جھنڈا لہرا دیا جاتا، یعنی شہر والے اگر اب بھی اطاعت اختیار کر لیں تو عام باشندوں کو چھوڑ کر ان کے سرداروں کے سر قلم کر دیے جائیں گے تیسرے دن سرخ کی جگہ کالا جھنڈا لہرانے لگتا جس کا مطلب تھا کہ اب شہریوں کو اپنے کفن دفن کا حق بھی نہیں رہا اور پھر یہاں سروں کے مینارے کھڑے کر دیے جاتے، ان میناروں کو جو بھی دیکھتا لرز جاتا۔ بعد میں مورخین نے اسے لرزندۂ جہاں کا خطاب بھی دے دیا، یعنی امیر تیمور لنگ لرزندۂ جہاں!
